QUINN SOSNA-SPEAR

ROSE ET LES TREIZE ROYAUMES MAGIQUES

Traduit de l'anglais (États-Unis)
par Mickey Gaboriaud

Wiz
Albin Michel

J'ai écrit mon tout premier livre à l'âge de douze ans. C'était un livre illustré.

(*Celui-ci* ne l'est pas, ce qui est logique, car les dessins de *l'autre* n'étaient pas très bons.) Mon institutrice de CM2, Mme Spracher, n'en avait pas moins été éblouie par mon œuvre.

Elle m'avait prise à part pour me dire: « Quinn, un jour, tu écriras des livres. Le premier, il faudra que tu le dédies à tes parents. Mais le second, c'est à *moi* que tu le dédieras. »

Donc, Janis, j'ai l'honneur de vous annoncer que ce livre est pour vous.

Par ailleurs, j'aimerais dire quelque chose à tous mes lecteurs. Si vous avez envie d'écrire un roman, vous en êtes capable. Il suffit d'essayer. En réalité, un jour, vous en écrirez *vraiment* un. Celui-ci, il faudra le dédier à vos parents.

Et le second ? Vous n'aurez qu'à me le dédier à moi.

LE MONDE DE LA MONTRE

– LA MAGIE EXISTE VRAIMENT, MAIS SEULEMENT POUR CEUX QUI SAVENT Y ACCÉDER.

C'est ce que me disait toujours ma tante Jo, tandis que je m'endormais sur son canapé quand j'étais petite. Le feu de cheminée crépitait, les couvertures étaient douces et épaisses, et ses doigts circulaient dans mes cheveux. Et là, juste assez fort pour que je l'entende, elle murmurait :

– Tu sais, Rose, il y a un endroit où tout est possible. Quand tu t'y rendras, tu deviendras plus puissante que n'importe qui au monde.

– Moi ? Mais je suis petite.

– Quand on a des pouvoirs magiques, ça n'a pas d'importance, si ?

– Comment je peux y aller ? demandais-je toujours, même si je connaissais déjà la réponse.

– Avec la montre, bien sûr, déclarait alors Jo en tirant, maillon après maillon, sur la longue chaîne dorée au bout de laquelle se trouvait la montre, tout au fond de sa poche.

Avec ses lueurs aussi dorées que celles du feu dans la cheminée, l'objet était parfaitement rond et surmonté d'un anneau auquel était attachée sa fine chaîne. Quand Jo appuyait sur le bouton-poussoir à côté de l'anneau, le couvercle s'ouvrait comme une fleur à douze pétales.

Des dessins étaient gravés au dos de chaque segment. Ils représentaient des paysages magiques qui ne pouvaient exister que dans le monde fantastique de Jo. Au centre, deux longues aiguilles faisaient silencieusement le tour du cadran.

La première fois que Jo m'avait laissée la voir, elle l'avait refermée avec un claquement de langue désapprobateur dès que ma main s'en était approchée.

Elle seule avait le droit d'y toucher.

– Elle n'est pas encore à toi, ma chérie. Mais elle le sera un jour, et ce jour-là, tu détiendras la clé de l'autre monde.

– Quand pourrai-je y aller ?

– Quand je serai disposée à te la donner, répondait-elle toujours.

Je connaissais les douze royaumes de la montre par cœur. Jo m'avait raconté toutes les aventures qu'elle y avait vécues et m'en avait peint des dizaines de représentations.

Au Dix, on se transformait en animal pour échapper aux fleurs géantes qui vous poursuivaient. Jo affirmait avoir été un vison qui, selon elle, ressemblait beaucoup au bébé qu'auraient pu avoir un serpent et un hamster. Je n'étais pas sûre de vouloir être un vison. Elle pensait que je serais sûrement un renard. J'ai toujours bien aimé ces créatures depuis.

Au Onze, on pouvait créer tout ce qui nous passait par la tête rien qu'en le dessinant. Si vous aviez envie d'un dragon apprivoisé, il vous suffisait d'apprendre à le représenter. Mais il fallait faire attention, car, une fois créé, il vivait sa vie, et pouvait très bien vous mordre ou vous cramer les sourcils.

Mais Jo ne me parlait pas que de magie, qui était la partie amusante. Elle évoquait aussi les dangers. Dans le monde de la montre magique, il fallait être d'une extrême prudence : un phénomène merveilleux y était toujours contrebalancé par quelque chose de terrifiant.

– Un jour, ma petite Rosie, tu auras pour mission de sauver ce monde-là.

– Pourquoi moi ?

– Parce que je suis trop vieille, et que tu es à la fois intelligente, gentille et *exceptionnelle*.

Quand Jo me racontait ses histoires, le moment que je préférais était toujours celui où elle me disait que j'étais exceptionnelle. Elle était la seule à penser cela. J'adorais l'écouter pendant qu'elle me grattait la tête, me faisait des dessins ou m'expliquait comment survivre dans chaque royaume.

Je restais éveillée bien plus tard que les autres soirs, juste pour me réfugier dans ses histoires un peu plus longtemps. Elle possédait même un livre consacré à ce fameux monde.

L'ouvrage en question était couvert de cuir rouge et relié au fil d'or. Le titre était gravé en lettres cursives dorées, juste un peu écaillées, que je trouvais absolument sublimes. On pouvait lire : *La Treizième Heure*.

Chaque page était ornée d'enluminures réalisées avec un pinceau très fin.

Sur la première, on voyait un grand homme mince avec des cheveux noirs agrémentés d'une petite mèche blanche, qui portait une moustache tombante et une cravate à la mode d'autrefois. Son nom était Amisi, et il partait à l'aventure.

Il survolait le monde de la montre, des tas de ballons de couleurs vives à la main.

J'adorais ce monde, parce qu'il était l'exact opposé des déserts arides de l'Arizona, où j'avais grandi. Avec leurs maisons blanches identiques, leurs piscines identiques et leurs paillassons **BIENVENUE** en forme de cactus identiques.

Hélas, plus je grandissais, plus je prenais conscience qu'il ne s'agissait que d'un livre, d'une histoire que Jo avait lue et aimée. Mais je continuais à l'écouter en hochant la tête, ce qui me permettait de rester exceptionnelle un peu plus longtemps.

Quand je n'arrivais plus à garder les yeux ouverts, Jo me récitait la fin.

Quelques mots avaient été griffonnés à l'encre noire au dos du livre: *À ma Mila. Je reviendrai pour toi quand j'aurai sauvé notre véritable chez-nous.*

Dessous se trouvait la comptine que Jo m'avait si souvent chantonnée le soir quand j'étais petite.

–Pour que tu t'en souviennes toujours, me murmurait-elle avant de commencer.

La petite fille alla se coucher et découvrit un endroit à l'intérieur de sa tête. Ses yeux se fermèrent quand l'aiguille arriva sur le Un, et elle rêva qu'elle pouvait voler jusqu'au soleil. Quand elle se réveilla le lendemain, elle avait hâte de retourner y jouer.

Lorsqu'elle s'endormit de nouveau, l'aiguille arriva sur le Deux, et elle rêva qu'elle voguait sur l'océan bleu.

« Comme c'est amusant ! s'écria-t-elle face au feu du Trois. Un de ces mondes est peut-être fait pour moi ! » Ce n'était pas la ville colorée du Quatre, « mais je vais continuer, il y en a sûrement d'autres. »

Elle fut forte au Cinq et petite au Six. « Ce doit être de la vraie magie, pas seulement de la simple illusion. » On trouvait de l'acier, des grottes et de la neige au Sept, au Huit et au Neuf. Mais elle s'inquiéta soudain : « Quelle heure est la mienne ? Pas le jardin du Dix, pas les dessins du Onze. Ce doit être le dernier », se disait-elle au fond de son cœur.

Enfin, quand l'aiguille arriva au Douze, elle trouva un royaume pour elle.

LE VEILLEUR

QUELQUE CHOSE RAMPAIT VERS MOI DANS L'OBSCURITÉ.

L'esprit embrumé, je me demandais bien où j'étais.

Et comment étais-je arrivée là, d'ailleurs ? Non seulement j'avais du mal à réfléchir, mais les petits bruits de mouvements avaient tendance à monopoliser mon attention. À mesure que la chose approchait, je commençais à mieux l'identifier.

C'est un homme, me dis-je. Quelque chose dans le genre, en tout cas. Sa tenue jaune vif laissait deviner des membres trop squelettiques pour un humain. Et l'ombre de son haut-de-forme cachait son visage. Sans compter que je n'avais jamais vu quelqu'un se déplacer ainsi : il avançait vers moi en se traînant par terre, se projetant en avant.

–Arrêtez ! murmurai-je dans une vaine tentative de hurlement.

Ma cage thoracique était tellement comprimée que je ne pouvais plus parler.

L'homme ne répondit pas, mais j'entendais toujours ses ongles glisser sur le plancher. Et quand je les vis, j'eus l'impression que mon torse rétrécissait encore. On aurait dit de longues griffes jaunâtres et crevassées.

Quand j'essayai de m'enfuir, tout mon corps resta paralysé. Seul mon cœur tambourinait sauvagement.

L'homme s'approcha et je vis enfin son visage.

Son regard n'était pas dirigé *vers* moi: il passait *à travers* moi, comme un rayon X. Et pourtant, il n'avait pas d'yeux, juste des orbites vides et sombres. Sous son nez cassé, on aurait dit que ses lèvres avaient été créées en déchirant son visage.

Mais le plus effrayant, c'étaient ses dents. Aussi jaunes et abîmées que ses ongles, leur longueur, comparable à celle de mes doigts, l'empêchait de fermer la bouche. Cela le faisait ressembler à l'un de ces horribles poissons que l'on trouve tout au fond de l'océan.

Ses ignobles crocs s'écartèrent juste assez longtemps pour laisser passer une haleine fétide, bientôt suivie d'une scintillante fumée grise.

C'est un veilleur. Je suis en train de rêver! compris-je en le reconnaissant.

Mais l'avoir identifié ne m'empêchait pas d'avoir toujours aussi peur de cet être osseux à la denture répugnante.

C'est juste un cauchemar, Rose! Réveille-toi!

Il me semblait que plus je prenais conscience de son irréalité, plus il avançait vite.

Réveille-toi! Réveille-toi tout de suite!

Il ouvrit grand la bouche, tous crocs dehors, et poussa un râle.

La voix de Jo me revint en mémoire.

« D'abord, tu n'entends plus qu'un long râle mortel, puis il est trop tard. »

Une fois arrivé à mon niveau, il murmura *Rosemary*…

– Rosemary !

– Ah !

Dès que mon corps se décontracta, je me sentis tomber. Me rattrapant juste à temps, je compris très vite qu'il y avait un problème. *Aïe ! Je suis en classe.*

Sous les ricanements de tous les élèves, je m'essuyai la joue et – argh ! – j'avais *bavé*. Le rouge me monta aux joues.

La moustache dressée, comme chaque fois qu'il était furieux, M. Topinka était planté devant ma table. Maman ne manquait pourtant jamais de me recommander de ménager le système pileux de ce pauvre homme.

– Excusez-moi, monsieur Topinka. Quelle était la question ?

– Eh bien, ma première question, c'est : pourquoi dors-tu pendant mon cours ?

De nouveaux rires fusèrent, et quelqu'un donna un coup de pied dans ma chaise.

Je n'eus pas besoin de me retourner pour savoir que c'était Jeremiah. Grand comme il l'était, ses jambes ne tenaient pas vraiment sous sa propre table. Il portait une crête blonde avec les côtés entièrement rasés. Son regard bleu piscine était tellement glacial qu'il vous donnait des frissons.

Il cogna une nouvelle fois dans ma chaise. Je serrai les dents et l'ignorai.

Fallon, sa sœur jumelle, lui frappa le bras, et je dus me retenir de sourire. Comme lui, elle avait les cheveux blonds et les yeux bleus, mais son regard *à elle* était chaleureux. Elle le posa sur moi, puis l'en détourna aussitôt.

Avant, nous étions amies. Elle avait cessé de me parler l'été précédent, quand les autres avaient commencé à se moquer d'elle à cause de ça. Je ne sais pas exactement ce qu'ils me reprochaient. Ils semblaient avoir tous décidé en même temps que j'étais nulle. Peut-être à cause de ma façon de m'habiller. Ou parce que je ne suis pas très bavarde. Ou parce que…

– Allô, mademoiselle Marks ? Ici la Terre.

Je me forçai à regarder droit devant moi.

– Euh, désolée, monsieur Topinka.

– Alors, *pourquoi* dormiez-vous durant mon cours ?

– Je ne sais pas.

Je ne voulais pas lui avouer que la véritable raison pour laquelle j'étais toujours fatiguée en classe était que je faisais des cauchemars la nuit.

– Ce n'est pas une réponse. Mais soit, je me passerai de vos explications.

Je soupirai. *Dieu merci.*

– En revanche, vous allez pouvoir en donner à votre père, qui est venu vous chercher, poursuivit M. Topinka, en se décalant un peu afin que je puisse voir la frêle silhouette de l'assistante administrative. Mme Lamprey va vous conduire au bureau.

Mon père était là ? Mais pourquoi ? D'habitude, ce n'était jamais lui qui venait me chercher, et encore moins à cette heure-ci…

Toute la classe s'esclaffa de plus belle en me voyant me lever péniblement.

Tante Jo m'avait toujours enseigné que si les veilleurs – voire les *monstres* en général – détectaient de la peur dans vos yeux, ils attaquaient pour tuer. Au premier signe de crainte, ils savaient qu'ils pouvaient gagner. Certes, les élèves qui harcèlent les autres au collège ne sont pas des veilleurs, mais il leur arrive tout de même d'avoir tout de monstres. Je suivis donc Mme Lamprey dans le couloir sans me retourner.

Comme j'avais la tête baissée, je ne vis pas le garçon qui arrivait à côté d'elle. Je lui rentrai dedans et titubai une fois de plus.

– Oh ! Désolée, je..., marmonnai-je.

Il avait de longs cheveux noirs hirsutes et des yeux foncés aux reflets dorés. Je ne l'avais encore jamais vu.

– Ça va ?

Je fus surprise par son ton sincèrement préoccupé. Mais M. Topinka le fit entrer dans la classe avant que je n'aie pu répondre.

– Oh ! Et nous avons un nouvel élève. Souhaitons donc la bienvenue à Alejandro Fuentes.

J'eus juste le temps d'entendre tout le monde le saluer avant que la porte ne claque.

LE CADEAU SECRET

Quand j'arrivai au bureau, Wes, mon père, en avait déjà assez de m'attendre.

–Allez, on va être en retard.

–En retard pour quoi ? demandai-je tout en me mettant à trottiner pour suivre le rythme de ses longs pas rapides en direction du parking.

–Pour aller voir ta tante.

–Tante Jo ?

Nous quittâmes le collège dans son gros 4 x 4 sans qu'il ait prononcé un mot de plus.

En voiture, la plupart des gens mettent deux heures pour aller de Phoenix à Globe, où je vis. Mais Wes n'était pas comme la plupart des gens. Il n'était même pas comme la plupart des pères.

La plupart des pères te demandent comment s'est passée ta journée. Ils accrochent tes dessins sur le frigo. Ou bien ils adorent passer un peu de temps avec toi.

Wes ne faisait aucun de ces trucs.

Il ne lui fallait qu'une heure pour faire le trajet Phoenix-Globe. Il aimait conduire vraiment vite. Je me disais que c'était sûrement pour rester moins longtemps avec moi.

– Où allons-nous ? lui demandai-je.

– Je te l'ai déjà dit.

– Non, mais où *exactement* ? Chez Jo ?

Je le regardai du coin de l'œil. On aurait dit qu'il hésitait entre mentir ou non.

– À l'hôpital, finit-il par lâcher. Le cancer est revenu.

Je savais que Jo *avait été* malade. Mais j'ignorais qu'elle l'était *encore*. Je ne l'avais pas vue depuis deux ans, quand j'étais encore en CM1 et qu'on venait juste de diagnostiquer son cancer au cerveau.

À l'époque, nous allions constamment la voir en voiture.

Tante Jo était autant une solitaire que moi. Maman la surnommait l'« ermite ». Elle vivait loin des autres maisons, bien camouflée derrière d'immenses pins d'Alep. Elle ne s'était jamais mariée et n'avait pas d'enfants. Ce qu'elle avait, en revanche, c'étaient des cheveux vraiment longs. Et comme elle était petite, sa grosse tresse orange lui descendait si bas dans le dos qu'elle me faisait penser à une queue d'animal.

– Les visons ont de longues queues, ma fille, me disait-elle chaque fois que j'abordais le sujet.

J'aimais bien Jo. Je l'aimais surtout bien parce qu'elle m'aimait bien. Elle me trouvait super parce que je ne ressemblais à personne d'autre. C'est marrant, parce que c'était justement pour cette raison qu'on ne m'appréciait pas à l'école.

Jo avait décidé de devenir mon « mentor ». Selon elle, un mentor était une sorte de prof qui ne comptabilisait pas vos retards et ne vous notait pas. Elle se contentait de m'enseigner des choses. C'est elle qui m'a appris à peindre et à dessiner.

Elle disait que dans le monde de la montre, la peinture deviendrait le plus puissant de mes atouts. « Le pouvoir magique du Onze ! » Et il fallait donc que je m'exerce pour m'y préparer.

Apparemment, le premier royaume dont on rêve est son « chez-soi ». C'est l'heure à laquelle on naît ici-bas, et c'est donc le pouvoir magique correspondant qu'on finit par avoir.

Pour Jo, il s'agissait du Dix, mais elle en était sûre, moi, je serais meilleure au Onze.

Elle me racontait beaucoup de choses et, à l'époque, je ne les trouvais pas bizarres. J'étais juste contente que quelqu'un me comprenne enfin et ne me considère pas comme la dernière des nulles. Nous passions des heures dans son garage, où elle me donnait des cours d'arts plastiques.

Elle trouvait important qu'un dessin exprime quelque chose de réel plutôt que forcément *réaliste*. Si tu dessinais un homme, il fallait qu'il soit en train de penser. Il devait avoir une famille et des ambitions. C'était à toi de lui donner vie. « Sinon, la magie ne fonctionne pas. »

Après nos cours, elle me parlait souvent des veilleurs.

– Ils sont nommés ainsi parce qu'ils veillent sur les pouvoirs magiques. Ces derniers se présentent sous la forme d'une fumée qu'ils essaient sans arrêt de voler aux humains. Ne les laisse jamais te prendre la tienne, Rose.

Jo dessinait beaucoup de veilleurs.

Quand j'ai raconté à ma mère que tante Jo m'avait expliqué que « les monstres » existaient « pour de vrai » et qu'ils essayaient de « voler mes pouvoirs magiques », mon père et elle se sont sacrément disputés. Après cela, ma mère a décrété que Jo n'avait plus le droit d'être mon mentor.

Je ne sais pas si c'était une bonne ou une mauvaise chose. Ce que je sais, c'était que la seule personne qui m'ait jamais appréciée pour moi-même m'avait conseillé de me méfier de tout le monde.

Et voilà qu'elle était de nouveau malade. *Si elle est à l'hôpital, c'est que ça doit être vraiment grave…*

Je secouai la tête. Tout allait bien se passer. Il le fallait. C'était Jo, et Jo ne pouvait pas se laisser abattre, par rien ni personne. Je ne l'avais jamais vue ni effrayée, ni triste, ni quoi que ce soit. Elle était la personne la plus forte que je connaisse.

Wes et moi continuâmes à rouler en silence pendant un moment, ce que j'appréciai. De toute façon, nous n'avions jamais grand-chose à nous dire.

– Comment va ta mère ? finit-il par demander.

– Bien.

– Elle travaille toujours dans ce resto ?

J'opinai du chef. Maman y travaillait le matin. Elle détestait ça, parce qu'elle était obligée de porter une robe à rayures rouges et blanches des années 1950. Puis, le soir, elle se rendait à sa formation pour devenir infirmière.

–Et toi ?

–Quoi, moi ? demandai-je.

–Tu fais du sport ?

–Non.

–Tu es dans un club de quelque chose ?

Je secouai la tête.

–Donc, tu ne fais *rien* ?

–Rien de ce genre, répondis-je.

Je dessinais encore beaucoup, mais je savais que ce n'était pas ce qu'il voulait dire. Wes s'inquiétait toujours par rapport à la fac. Selon lui, si je voulais suivre sa trace en allant à Columbia, il me faudrait de bonnes notes et des « hobbies dignes d'intérêt ».

Il estimait que le dessin ne comptait pas, parce qu'on ne pouvait pas le mentionner dans une demande d'inscription universitaire.

–Pourquoi tu ne fais rien ? me demanda-t-il, quittant la route des yeux. Ne me dis pas que tu *dessines* encore, ou des trucs comme ça… si ?

Pour lui, c'était une perte de temps. Il aurait fallu que je passe les moments où je n'étais pas en classe à faire quelque chose qui me *prépare* aux études. Le dessin, c'était juste pour s'« amuser », et ce n'était pas suffisant. « Les diplômes d'amusement n'existent pas », me rabâchait-il constamment.

–Non, ça n'existe pas, me forçai-je à confirmer.

–Bien. Bon, à la rentrée, je vais te trouver un bon club. L'éloquence, ça te dirait ?

L'horreur !

–OK.

Argumenter avec Wes ne servait à rien. Il était avocat; l'éloquence, c'était son métier. *Et moi, je dessinais seulement.*

–Bien. Quand tu seras en fac de droit, l'éloquence sera une compétence cruciale. Il n'est jamais trop tôt pour penser à l'université, Rosemary.

En plus d'être tout blanc, l'hôpital sentait le plastique et les médicaments. Cela ne me plaisait pas du tout.

Wes et moi nous tenions devant la porte 1051, qui était entrouverte. C'était le numéro de chambre que nous avait donné l'infirmière. J'entendis parler à l'intérieur.

–Je vous ai dit que je n'en voulais pas !

–Mademoiselle Marks, je vous promets que ça vous fera du bien. Prenez-le.

En passant la tête à l'intérieur, je vis une infirmière devant le lit.

–Et moi, je vous ai demandé de partir…

La voix puissante de Jo fut interrompue par une bruyante quinte de toux grasse.

L'infirmière soupira et recula, révélant ainsi une femme mince et pâle que je reconnus à peine. Elle était adossée à ses oreillers, les couvertures remontées jusqu'au menton. Ses cheveux blancs n'avaient plus que quelques reflets roux, mais le plus surprenant était qu'ils avaient été coupés au niveau de ses oreilles. Sa peau paraissait plus distendue qu'avant, comme une chemise trop étirée. En revanche, ses yeux n'avaient pas changé. Leur vert brillant et pur donnait l'impression qu'ils gardaient un secret. Pourtant, Jo m'avait toujours dit qu'elle leur préférait les miens, noisette, avec leurs stries et leurs petites taches. Je ne pouvais pas comprendre ça. Tout en moi était tellement ordinaire.

–Pour me faire plaisir ? fit l'infirmière en tendant un gobelet à Jo.

On entendit un bruit de froissement.

–Bon.

Jo repoussa les draps d'une main, car elle tenait un petit objet doré dans l'autre. Je l'entrevis un instant, quand elle le posa à côté d'elle, entre les plis de la couverture. C'était la montre de gousset.

L'infirmière l'aperçut aussi et se pétrifia.

–Où avez-vous…

Mais Jo lui arracha le gobelet des mains et goba prestement le cachet.

–Maintenant, sortez ! s'écria-t-elle en reprenant la montre en or et en la glissant de nouveau sous les draps.

L'infirmière secoua la tête comme si elle cherchait à chasser un mauvais rêve.

–Bon, très bien. Si vous avez besoin de quoi que ce soit, appuyez sur le bouton, mademoiselle Marks.

J'eus tout juste le temps de m'écarter pour laisser passer l'infirmière survoltée. Elle sembla étonnée de nous voir.

–Quel numéro, cette mademoiselle Marks !

Je me contentai de hocher la tête. Je n'aimais pas la façon dont cette femme avait regardé la montre. On aurait dit un chien qui attend à vos pieds que quelque chose tombe de la table.

–Avance, Rosemary.

J'arrangeai ma tenue pendant que Wes entrait. Cela faisait si longtemps que nous ne nous étions pas vues. Et si elle ne se souvenait pas de moi ? Et si je n'étais pas aussi exceptionnelle qu'elle l'avait toujours cru ? Et si elle n'aimait pas la façon dont j'avais changé ?

–Qui se fait attendre se fait manger, ma petite Rosie. Entre, entre !

Je ne pus m'empêcher de sourire. Tout était comme avant.

Je passai devant Wes, et me retrouvai face à elle pour la première fois depuis des années. Même sous l'éclairage affreux de l'hôpital, ses yeux restaient étincelants de chaleur et de magie.

–Salut, Jo.

–Salut, gamine.

Je m'approchai du lit, les mains bien enfoncées dans les poches, le pas traînant.

–Lève les pieds, on ne sait jamais ce qui peut vivre dessous.

Mes semelles se décollèrent aussitôt du sol, exagérément. Je savais que c'était encore une de ses histoires. « Les bébêtes sont des animaux aussi, Rose ! D'ailleurs, au royaume du Dix, je suis très amie avec un escargot ! » Mais il était toujours plus facile d'écouter Jo que d'essayer de discuter avec elle. Jamais elle n'aurait admis que le monde magique n'était pas réel.

–Salut, Joanne.

Je grimaçai en entendant Wes employer son prénom complet. Jo avait horreur de ça.

– Salut, *Wesley*.

Je souris. Wes n'aimait pas non plus qu'on l'appelle comme ça.

– Comment ça va ? lui demanda-t-il.

– Ça ira mieux quand tu m'auras accordé un moment en privé avec ma nièce.

Wes faillit protester, mais y renonça, se contentant de se renfrogner en soupirant.

– Bon. Je reviens dans un moment.

Puis il marmonna quelque chose qui signifiait que c'était « toujours pareil avec elle », et sortit en claquant la porte.

– Approche-toi, me dit aussitôt Jo. Je veux te montrer quelque chose...

Dès qu'elle tira la montre de sous la couverture, je fus incapable d'en détacher mes yeux. Elle était si parfaite qu'elle paraissait presque irréelle. *Elle est exactement comme dans mon souvenir.* Ma mère ne possédait rien d'aussi beau. Les bijoux de qualité ressemblaient-ils toujours à ça ? *Non*, me dis-je. Cette montre était sans nul doute la plus belle chose que j'aie jamais vue.

J'avais envie de la prendre entre mes doigts, de la tenir. Il me la *fallait*. Quand je tendis la main, Jo recula la montre. Cela me mit dans une telle rage que j'eus envie de la lui arracher. Puis je pris conscience de ce que j'étais en train de penser. *C'est bizarre*, songeai-je, en essayant d'oublier cette drôle de sensation. Cette montre pouvait vous ensorceler.

– Alors, comme ça, tu es toujours sous son emprise, hein ? Plus tu passeras de temps avec, plus ça s'atténuera.

– Pourquoi l'as-tu apportée ici, si...

– Tu continues à dessiner ? m'interrompit-elle.

Je soupirai. Jo faisait souvent ça. Je compris que même si j'insistais, elle ne parlerait plus de la montre.

– Tous les jours, répondis-je.

C'était la vérité. Je dessinais et peignais autant que je le pouvais.

– Tu es douée ? Je ne veux même pas m'embêter à parler avec toi si tu ne l'es pas.

Je haussai les épaules. Elle ne m'avait jamais trouvée assez douée. « Ce n'est pas encore ça », me répétait-elle tout le temps.

– Peins-moi quelque chose ! poursuivit-elle, les yeux brillants.

– Avec quoi ? demandai-je.

– Tu n'as pas le droit de me poser cette question. C'est un concours ! Si tu veux le gagner, fais preuve d'inventivité.

Je hochai la tête. Nous y jouions souvent quand j'étais petite. Nous devions toutes les deux dessiner ou peindre en nous servant des outils les plus inattendus. C'était à celle qui utiliserait la toile ou l'instrument le plus bizarre. La raison en était qu'au Onze, on pouvait réaliser des dessins magiques de n'importe quoi. J'avais toujours perdu. Parce que Jo était la seule arbitre et qu'elle avait l'esprit de compétition, bien sûr. Mais aussi parce qu'elle était meilleure que moi.

Peut-être qu'elle ne me laissait jamais gagner afin que je redouble d'efforts. Si tel était le cas, la méthode avait bien fonctionné.

– Aïe !

Jo venait d'essayer de se redresser dans son lit, mais cela semblait lui faire mal.

– Attends ! Ne te lève pas, tu es malade.

– Tu dis ça pour m'empêcher de gagner une nouvelle fois. Il faut que je me trouve des outils.

– C'est moi qui vais te les donner, dis-je en repoussant doucement ses épaules vers le matelas. Tu dois rester au lit, tu es à l'hôpital.

Derrière leurs cils délicats, ses yeux se braquèrent sur moi.

– Je n'ai rien à faire ici, c'est tout ce que j'ai à dire.

Après avoir entendu cela, je me sentis de nouveau calme. Elle avait peut-être l'air malade, mais je voyais aussi dans son regard qu'elle n'avait pas *besoin* d'être ici. *Je le savais. Je savais que tout allait bien se passer pour elle.*

J'étais soulagée, en tout cas. Même si elle se comportait comme… euh… comme *Jo*, elle s'adossa finalement contre ses coussins.

– Bon, tu commences, alors ! m'ordonna-t-elle de sa voix rauque.

– De quoi je me sers ?

– Pourquoi tu me poses la question à moi ? ricana Jo. Pour gagner, tu dois élaborer ton propre plan.

Je balayai la pièce des yeux. À vrai dire, j'étais tout excitée. Cela faisait une éternité que je n'avais pas eu cette sensation, celle de pouvoir faire tout ce que je voulais. *Je pourrais peut-être dessiner sur la buée du miroir ? Non, trop banal. Graver le mur avec une aiguille ? Trop dangereux. Peindre avec mon doigt en puisant du sang dans un sac pour transfusion ? Trop répugnant.*

Puis, après avoir fait trois grands pas vers Jo, j'eus soudain une révélation: son sac à main noir était sur la table à côté d'elle. Je me mis à fouiller dedans sans demander, sachant ce que je cherchais. Jo ne tenta pas de m'en empêcher.

– Choix intéressant, déclara-t-elle tandis que je sortais une boîte de cachets pour l'estomac de couleur rose.

Jo en avait toujours sur elle. Et je soupçonnais même ceux-là d'avoir au moins mon âge. Je trouvai ensuite une petite boîte de cotons-tiges en plastique. Je la vidai, tout en gardant quelques bâtonnets pour moi, et la remplis d'eau. Puis j'y plaçai les cachets et les écrasai avec un bouchon de stylo pour accélérer leur dissolution. Peu après, l'eau était rose vif.

– Tu as besoin de ça ? demandai-je en désignant un drap blanc plié au pied de son lit.

Jo secoua la tête, le visage impassible. Je déployai le drap par terre.

– Que veux-tu que je dessine ? demandai-je en connaissant déjà la réponse.

– Ce que tu penses qu'il me faut.

Je pris donc un coton-tige et mélangeai ma peinture avec. *Parfait.* Je fis glisser le bâtonnet sur le tissu, traçant ainsi une longue droite claire. Je souris. *Ça semblait vouloir fonctionner.*

Mais de quoi Jo avait-elle *vraiment* besoin ?

Les traits apparaissaient avant que je n'aie le temps d'y réfléchir, sans que je sache trop moi-même ce que j'étais en train de dessiner. Mon esprit était bloqué sur l'image d'elle au moment où j'étais entrée dans la chambre : combien elle semblait petite et fatiguée, entourée de machines bruyantes, presque invisible devant les murs blancs. Elle n'était pas faite pour être petite, fatiguée ou invisible. Elle était grande, elle en imposait. Elle était *Jo*. Ce dont elle avait besoin, c'était de quitter cet horrible endroit. Il lui fallait des arbres, du vent, des chants d'oiseaux et des cours d'eau. Et puis des visons. Beaucoup, beaucoup de visons.

Je ne sais pas pendant combien de temps j'ai peint en silence, en me déplaçant à quatre pattes, mais j'ai réussi à achever mon travail. Une fresque représentant le royaume du Dix, *le préféré de Jo*, tel que je me l'imaginais. Là, tout en tons pastel.

Alors que je n'en étais encore qu'à la moitié, j'avais réussi à dénicher des gobelets en plastique dans la salle de bains de la chambre. J'avais ensuite trouvé d'autres cachets, des jaunes et des bleus, dans le sac de Jo, qui m'avait autorisée à les écraser aussi. Ma fresque avait peut-être l'air un petit peu brouillon mais j'estimais tout de même avoir fait du bon travail.

Je me tournai enfin vers ma tante, qui n'avait pas prononcé un mot durant tout ce temps. Ses yeux étaient rivés sur la fresque.

– Le drap était plus fin que je le pensais, alors les couleurs ont un peu coulé. Et je n'aurais pas dû mettre autant d'eau dans le rose, mais…

– Tu as gagné, dit-elle en rabattant la couverture sur sa poitrine.

– Quoi ?

Elle sourit et, pendant une seconde, je crus apercevoir de petites larmes perler aux coins de ses yeux. Mais ça devait venir de l'éclairage. Jo ne pleurait jamais.

– Tu as gagné, gamine. Tu es suffisamment douée.

– Mais tu n'as pas encore joué !

– Je sais déjà que ce serait inutile.

– Mais…

– Cependant, avant de recevoir ton prix, m'interrompit-elle une nouvelle fois, tu dois répondre à cette question : pourquoi aimes-tu peindre et dessiner ?

– Je…

Ne sachant pas trop quoi dire, je me retournai vers mon œuvre.

– C'est la seule chose pour laquelle je sois vraiment douée, finis-je par avouer en relevant les yeux vers elle. Ça me donne le sentiment de… de valoir quelque chose.

Je n'aurais pu dire ça à personne d'autre qu'à elle. Pas à ma mère ni à Wes, et certainement pas à un seul élève du collège. Mais, sans trop savoir pourquoi, je me disais que Jo comprendrait sûrement. Jo, l'ermite que tout le monde jugeait et que personne ne comprenait. *Personne, sauf moi.*

– Bonne réponse. Tu veux voir ton prix, maintenant ?

– Oui, pourquoi pas ? répondis-je, incapable d'imaginer quel prix elle pourrait trouver dans un endroit aussi nul qu'une malheureuse chambre d'hôpital.

Elle sortit alors la montre de sous ses couvertures et la tint en l'air sans rien dire. Je me refusai à fixer cet objet trop longtemps, par crainte de ce qu'il pourrait me faire. Je détournai donc les yeux pour me concentrer uniquement sur le visage de ma tante.

– Qu'en penses-tu ? me demanda-t-elle.

– De quoi ?

– De ton prix.

Quoi ?

Elle allait me donner sa montre parce que j'avais renversé du jus de cachets sur un drap ?

– Tu plaisantes ?

Elle secoua la tête en me tendant la montre, mais je n'osai pas la prendre.

– Je ne sais pas si c'est une blague ou si tu dérailles, fis-je, mal à l'aise. Cette montre vaut beaucoup plus qu'un dessin.

– Rosemary, j'étais plus jeune que toi quand je l'ai eue, et c'est la plus précieuse de toutes mes possessions. J'ai donc réfléchi longtemps et intensément à la personne à laquelle je devais la donner, et c'est sans appel, elle ne peut revenir qu'à toi.

– Mais non ! C'est *toi* qui dois la garder. Tu n'es pas en train de mourir.

– Et si je l'étais, tu la prendrais ?

Tous les petits bruits de la pièce disparurent pendant que je la regardais.

– C'est le cas ?

Après un trop long moment, elle leva les yeux au ciel.

– Pas dans l'immédiat. Mais là n'est pas la question. La question, c'est que je t'offre un cadeau, et que tu fais ta petite bêcheuse après m'avoir ignorée pendant des années.

Ces mots me firent l'effet d'une grande claque en pleine face.

– Tu es sûre ? finis-je par demander, regardant maintenant la montre qui semblait scintiller encore plus que lorsque je l'avais vue pour la première fois.

– Je l'étais davantage il y a quelques minutes.

Je tendis la main pour la prendre, mais quand elle ne fut plus qu'à quelques centimètres, Jo l'éloigna brusquement.

– D'abord, tu dois me promettre quelque chose.

Mon cœur tambourinait. Je savais bien qu'il y avait un piège.

– Quoi ?

– Cette montre exige le respect de certaines règles, Rose.

Jo était-elle aussi étrange que le prétendait maman, ou bien jouait-elle simplement avec moi ?

– OK, c'est quoi, ces règles ?

– La première, c'est que tu ne dois jamais perdre cette montre de vue. Elle reste sur toi en permanence. Tu ne l'égares jamais. Tu ne l'oublies jamais. Tu ne laisses jamais personne la toucher. Tu ne laisses même jamais personne la *voir*.

Je hochai la tête.

– La deuxième, c'est que tu dois dormir avec. Elle doit rester avec toi toutes les nuits. Tiens-la, couche-toi dessus, mets-la dans ta culotte, je m'en fiche. Fais juste en sorte que personne ne la voie.

C'était encore plus bizarre, mais rien qu'à l'expression de Jo, je compris qu'il ne fallait pas que je pose de questions.

– OK, d'accord.

–La dernière chose, c'est que ce soir, tu dois t'endormir entre 23 heures et minuit.

–Hein ?

Jo leva la main, l'air sévère.

–Ne t'avise *surtout pas* d'aller te coucher avant 23 heures ou après minuit. Sinon, tu seras obligée de rester debout toute la nuit et de retenter le coup demain. Pas de discussion.

–Mais de quoi tu p…

–*Pas* de discussion, Rose. C'est très important. Et quand tu t'endormiras, je veux que tu imagines les vagues qui sont peintes à l'intérieur de la montre…

Je levai les yeux au ciel.

–Si c'est un canular, dis-le-moi tout de suite, s'il te plaît.

Elle serra la montre plus fort contre son cœur. Je fus surprise par le point auquel elle semblait furieuse.

–Il y a…, commença-t-elle, la voix tremblante. Il y a tout un *monde* à l'intérieur de cette montre.

–Je sais que c'est toi qui as inventé ces histoires…

–Je suis *sérieuse*, insista-t-elle en me fixant soudain de nouveau. Sérieuse à mort. Tu dois faire attention, Rose. C'est capital. Il y a tout un monde peuplé à l'intérieur. Un monde *vivant*.

–Jo…, commençai-je, le cœur battant si fort que je l'entendais cogner dans mes oreilles.

Elle ne peut tout de même pas croire que ces histoires sont réelles, si ?

–Tu as enfin compris ?

J'opinai du chef. J'avais toujours pensé que Jo prétendait que ses histoires d'univers magique étaient réelles pour mieux m'amuser. Mais si elle y croyait *vraiment*, elle devait être encore plus malade que je le pensais.

– Tu te sens bien ? demandai-je d'une voix mal assurée. Tu veux que j'aille chercher quelqu'un ? Wes ? Une infirmière ?

– Non, j'ai juste besoin de…

Ses traits exprimaient une grande colère, mais elle finit par se reprendre. Elle inspira longuement et ferma les yeux.

– Bon, je suis désolée, je n'aurais pas dû te le dire comme ça.

– Donc, c'était une *blague* ?

Jo grimaça.

– Non, cela n'a rien d'une *blague*. C'est ma vie.

Elle leva les mains en voyant mes yeux s'écarquiller une nouvelle fois.

– Ce que je veux dire, poursuivit-elle, c'est que c'est *vraiment* crucial pour moi.

Cette déclaration fut suivie d'un très long silence, car aucune de nous deux ne savait plus quoi dire.

Puis elle finit par reprendre la parole :

– Tu es… heureuse, Rose ?

– Qu'est-ce que tu veux dire ?

– Tu es heureuse à l'école ? Avec tes amis ? Dans le *monde* qui t'entoure ?

– Pfff ! fis-je, sarcastique malgré moi. C'est complètement débile, comme question.

– Pourquoi ?

Mes mains vinrent toutes seules se poser sur mes hanches.

– Euh… Tu es en train de me demander si je suis heureuse d'être enfermée dans une salle de classe toute la journée alors que je n'ai envie que de dessiner ? Si je suis heureuse que tout le monde me trouve bizarre ? Si je suis heureuse d'avoir l'impression de ne jamais être à ma place ?

Mon cœur battait encore à tout rompre. Je ne savais pas pourquoi j'avais dit tout cela. Sûrement parce que personne ne m'avait jamais posé la question jusqu'alors, j'imagine. Les gens ne veulent presque jamais *véritablement* savoir ce que vous ressentez.

– Non, je ne suis pas heureuse.

Je m'attendais à ce qu'elle hurle ou se mette en colère, mais, au lieu de cela, elle hocha la tête.

– Quand j'avais ton âge, Rose, j'avais aussi l'impression que le monde entier n'était fait que pour les autres. Je pensais que je n'aurais jamais dû naître. Et pourtant…

Ses yeux se mirent à briller plus fort, et un sourire se dessina sur ses lèvres.

– Et pourtant, j'ai trouvé ma place.

Elle ressortit la montre et la fit se balancer devant moi. J'avais très envie de la croire.

– Veux-tu être heureuse aussi, Rose ? Je te donne la clé.

– Je…

À l'intensité de son expression, je voyais qu'elle y croyait. Se pouvait-il qu'elle dise la vérité ?

– Les heures. La magie. Les monstres. *Toutes ces choses sont réelles.* Elles l'ont toujours été, et il fallait que tu apprennes le nécessaire pour prendre ma relève. Je t'ai choisie pour une raison.

Tendant son corps amaigri hors du lit, elle approcha la montre de moi.

–Je… je…

Je n'arrivais pas à trouver les mots.

–Fais-moi confiance, me supplia-t-elle.

J'arrachai mon regard à la montre, et fixai Jo dans les yeux.

–Je ne peux pas.

Je commençai à m'éloigner du lit, en direction de la porte.

–Rose.

En tendant au maximum ses grands bras décharnés, elle parvint à agripper une poche de mon jean baggy, et à me tirer vers elle de ses doigts osseux.

–Je t'en prie, crois-moi. Quand ai-je…

Elle se mit à bafouiller, et sa mâchoire tomba.

–Jo ?

Après une brève contraction, tout son corps se détendit d'un coup et sa main retomba à l'opposé de moi. J'en restai un moment pétrifiée comme une statue. Ses yeux roulèrent vers l'arrière, sa poitrine s'éleva brusquement, puis elle se mit à trembler de la tête aux pieds.

Après ça, je cessai totalement de penser. Mes jambes me menèrent d'elles-mêmes à la porte, puis je courus le long du couloir jusqu'à ce que je trouve une infirmière.

–Ma tante a un problème !

APPEL DE NUIT

Wes et moi dûmes rester à l'hôpital pendant des heures, le temps que les médecins procèdent à des examens. Ils nous expliquèrent par la suite que Jo avait eu une attaque, mais qu'elle allait bien. À mon tour, je leur parlai des choses bizarres qu'elle m'avait dites, de sa profonde conviction qu'il existait un monde magique et ce genre de choses. Mais cela ne sembla pas les inquiéter outre mesure.

Je demandai alors aux soignants si elle était vraiment en train de mourir. Ils m'assurèrent que son état était « stable » pour le moment, ce qui n'était pas très clair pour moi.

– Elle peut rentrer chez elle, alors ? m'enquis-je.

Mais personne ne me répondit.

Quand tout le personnel médical eut enfin quitté la chambre de ma tante, les grandes baies vitrées de l'hôpital ne donnaient plus à voir qu'un ciel crépusculaire. Je demandai au bureau des infirmières si je pouvais dire au revoir à Jo, mais ma requête fut rejetée.

–Tu pourras revenir demain, ma belle, quand elle se sera reposée.

Jetant un dernier coup d'œil à la lucarne en verre poli de sa porte de chambre, j'entrevis les contours de son dos tourné vers moi. *Sa place n'est pas ici.*

Le trajet en voiture pour rentrer chez Wes fut lent et silencieux. Aucun de nous deux ne savait quoi dire.

À la seconde où j'entrai dans la maison, une petite femme blonde se hâta de plaquer son gros ventre rond et dur comme un ballon de basket contre moi pour me serrer dans ses bras.

–Ah, Rosemary ! Bonjour !

Cindy était la femme de mon père. Elle avait été ma baby-sitter quand j'étais petite.

–Où est le repas ? cria Wes depuis la cuisine.

Cindy me lâcha pour aller le rejoindre.

–Dans le four, pour que ça reste chaud.

Je la regardai partir. Dès que ce fut fait, je l'entendis se disputer à voix basse avec Wes.

Comme c'était la même chose avec ma mère, je me demandais si Cindy et Wes finiraient par divorcer, eux aussi. Mais vu que je n'avais aucune envie de revivre ça, j'espérais que non.

Je les ignorai et me rendis dans le salon, hors de portée d'ouïe, pour appeler ma mère.

Elle avait accepté que j'aie mon propre téléphone pour mes onze ans, afin que nous puissions continuer à nous parler quand j'étais chez mon père. Elle avait tenté de me joindre dix fois pendant que j'étais à l'hôpital.

–Allô ?

–*Rosie !*

J'éloignai le téléphone de mon oreille avant qu'elle ne m'éclate un tympan.

–Comment tu vas ? Où es-tu ? Tout va bien ?

Je faisais les cent pas en l'écoutant.

–Ton père m'a laissé un message, OK ? Mais il ne m'a pas rappelée ! Et après, c'est toi qui ne m'as plus donné de nouvelles. Et ensuite, eh bien, ma pause était finie. Mais après, je vous ai encore contactés tous les deux… *et aucun d'entre vous ne m'a rappelée !*

–Maman ?

–Quoi ?

–Jo est… Jo est très malade.

Ma gorge se serra, ce qui me fit prononcer le dernier mot dans une sorte de hoquet larmoyant.

–Oh, ma puce, raconte-moi…

Je lui expliquai ce qui s'était passé, et malgré tous mes efforts, les larmes se mirent à monter. À la fin, je n'avais plus d'autre choix que de m'essuyer les joues en tentant vainement de parler d'une voix posée. Ma mère me demanda quand je rentrerais.

–Je ne sais pas, soupirai-je.

–Je suis désolée, ma chérie.

–Ça va, répondis-je, le front en appui sur la main.

Soudain, je sursautai en écartant le téléphone de mon oreille. Un grand bruit venait de retentir dans le couloir.

–Alors, comme ça, Cindy se sert toujours de sa cloche, hein ? demanda ma mère.

–On dirait bien, marmonnai-je.

Puis la voix enjouée de Cindy retentit.

–Le repas est servi !

Cindy semblait toujours d'humeur joyeuse. Particulièrement dans les pires situations.

Le dîner se déroula dans le silence. Être assise à cette longue table me mettait mal à l'aise. En général, ma mère et moi mangions dans le salon en regardant la télé.

Je partis me coucher aussitôt après le repas. La chambre d'amis était décorée de dentelles, de napperons et d'assiettes ornées de dessins d'oiseaux. Je ne restais pas chez mon père très souvent, mais quand c'était le cas, j'étais reléguée dans la pièce aux vieilleries. Je la détestais. On avait toujours l'impression qu'elle était hantée par je ne sais quel fantôme poussiéreux. Les couvertures sentaient le renfermé et n'étaient pas assez chaudes. Même l'air semblait vicié. Bref… je ne m'y sentais pas du tout chez moi.

C'est étrange de se sentir invisible jusqu'au sein de sa propre famille. *Si ça se trouve, c'est* moi, *le fantôme poussiéreux.*

Cindy passa sa tête à travers la porte.

–Je sais que tu ne veux jamais rien de particulier, mais je t'ai acheté un pyjama.

–Super ! me forçai-je à répondre en souriant, bien que sachant d'avance que, comme toujours, il serait trop grand. Merci, Cindy.

Son visage s'illumina, et elle me serra de nouveau dans ses bras.

– De rien, ma grande. Dis-moi si tu as besoin de quelque chose !

Puis elle repartit en se dandinant dans le couloir. Mon sourire forcé retomba. Cindy n'était pas méchante, mais je ne l'aimais plus trop depuis le divorce de mes parents. Je l'appréciais plus avant qu'elle ne devienne ma belle-mère.

La pièce était petite, sombre et bizarre. *Je ne vais jamais réussir à m'endormir ici.* Je jetai un œil à la pendule murale blanche : 22 h 15.

La nuit s'annonçait longue. N'ayant rien de mieux à faire, je me laissai tomber sur le petit lit.

Je regardai une nouvelle fois la pendule, me concentrant sur la grande aiguille.

22 h 18.

Qu'avait voulu dire Jo ? *Ce soir, tu dois t'endormir entre 23 heures et minuit.* Comme si j'étais capable de contrôler ça, même avec la meilleure volonté du monde !

Et cette montre ? Me l'aurait-elle véritablement donnée ? J'avais bien été tentée de la prendre, mais il m'avait semblé que ç'aurait été mal, comme si je volais un objet dans un musée.

Je grognai tout en me frottant le visage. J'aurais aimé prendre un bain pour me laver de cette journée, mais j'aurais probablement réveillé quelqu'un. Il fallait au moins que j'enlève mes vêtements sales.

Je me tournai vers le pyjama écossais géant accroché à la poignée de la porte. L'étiquette du supermarché s'y trouvait encore.

J'ôtai mon sweat-shirt et mon jean en toute hâte, de crainte que quelqu'un n'entre. Alors que je les repoussais du pied, quelque chose de petit et de froid s'échappa d'une de mes poches. M'écartant d'un bond, je découvris une chaîne en or. Et en tirant dessus, je constatai que quelque chose de lourd y était accroché. Un instant plus tard, l'objet se balançait sous mes yeux, étincelant sous l'éclairage électrique.

La montre. C'est la montre ! Jo a dû la glisser là quand elle m'a agrippée. Et je ne me suis même pas...

Autour de moi, tout le reste disparut. La montre était tellement scintillante, ronde, parfaite.

Je passai mon pouce dessus. Curieusement, il ne s'y reflétait pas. Peut-être parce qu'elle était *trop* brillante.

Je me mis aussitôt à nager en plein bonheur, sans trop savoir pourquoi. Mais, peu après, l'idée que c'était juste parce que ce magnifique objet était *à moi* me ramena à la réalité.

En me donnant cette montre, Jo m'avait bien prévenue qu'il y avait des *règles* à respecter.

Instantanément mieux réveillée, j'enfilai mon pyjama en un clin d'œil, et volai pratiquement jusqu'à mon lit sans perdre un instant mon nouveau trésor du regard.

Je le tenais avec précaution, comme un œuf fragile, et caressais du bout des doigts sa surface lisse. Cependant, de près, la montre n'était pas comme dans mon souvenir : il lui manquait un pétale, celui qui aurait dû être tout en haut. *Le Douze.* J'essayai de me souvenir du dessin qui l'ornait, mais je n'arrivai pas bien à le visualiser. Quoi qu'il en soit, l'étrangeté de ce fait ne m'inquiétait pas, car la montre était là. Et elle m'appartenait.

C'était peut-être sur ce point que je faisais erreur. Elle ne m'appartenait pas, si ? C'était celle de Jo. Comme elle était malade, elle avait dû décider de me la confier quelque temps à cause de la fatigue et des effets des médicaments.

À l'idée que je devrais la rapporter le lendemain, je ressentis une brûlure dans la poitrine. *Jo sera plus reposée*, espérai-je. *Elle sera contente de la récupérer.*

En posant mes doigts sur le bouton-poussoir, je fus prise d'une violente vague de picotements. Je retins ma respiration et appuyai néanmoins dessus. Les pétales s'ouvrirent, exactement comme ils l'avaient fait avec Jo. En approchant la montre de mon visage, je fus émerveillée par ses ornements colorés.

Ils étaient vraiment époustouflants. Les peintures étaient tellement détaillées et lumineuses qu'on aurait pu les croire réelles, comme animées. Mais elles ne pouvaient pas représenter des endroits existants. Celle de trois heures, par exemple, représentait une montagne enflammée. Alors que sur celle de neuf heures, on voyait une femme d'une blancheur éclatante, qui se tenait debout dans un blizzard.

Je ne sais combien de temps je restai à admirer ces images, mais j'étais encore en train de faire lentement tourner la montre entre mes doigts quand j'entendis un bruit lointain dans le couloir. C'était un téléphone qui sonnait, *celui de Wes.* Les yeux grands ouverts, je regardai le cadran : 23 h 02. *Qui peut bien appeler à cette heure-ci ?*

J'entendis mon père remonter le corridor et s'arrêter juste devant ma chambre en baissant la voix. Je ne comprenais rien à ce qu'il disait, mais je n'osais pas aller voir. Une minute ou deux plus tard, on repassa à toute allure dans le couloir. Je cachai vite la montre et sa chaîne dans la poche de mon bas de pyjama, puis tendis de nouveau l'oreille. La porte d'entrée claqua.

Me précipitant à la fenêtre qui donnait sur l'allée, j'eus le temps de discerner une ombre chinoise : celle de Wes, qui sauta dans sa voiture, vêtu d'un manteau jeté à la hâte sur son pantalon de jogging et son tee-shirt.

Je respirais fort. J'avais peur.

Mais bon sang, que se passe-t-il ? Est-ce que c'est Jo qui a appelé ? Ou l'hôpital ? Ou…

Je m'efforçai de retrouver mon calme. C'était probablement juste pour le travail. Mais il était si tard…

Au bout d'une demi-heure environ, je vis la lumière vacillante des phares réapparaître dans l'allée. Je me rendis jusqu'à la fenêtre sur la pointe des pieds.

Sans même voir son visage, rien qu'à ses épaules tombantes et à la lourdeur de son pas, je sus que mon père était bien plus épuisé qu'en partant. Il fit de nouveau claquer la porte d'entrée derrière lui, puis monta péniblement l'escalier.

Au cas où il jetterait un œil dans ma chambre, j'éteignis ma lumière, me tapis sous les couvertures, et fis semblant de dormir. Cependant, il se contenta de passer devant, et je l'entendis bientôt fermer la sienne.

Tout redevint normal. Sauf que le poids de cette longue journée me tomba enfin dessus, et je me sentis très fatiguée.

Le lit était confortable, il faisait nuit noire et la montre me semblait avoir l'agréable tiédeur d'un être vivant. Sa chaleur me calmait, comme quand j'étais près de la cheminée de chez Jo. Je l'ouvris pour regarder ses longues aiguilles tourner. J'imaginais les doigts de ma tante circulant dans mes cheveux.

J'avais les yeux rivés sur les vagues peintes qui ornaient un des pétales. Un océan déchaîné, qui se mit à emplir mon esprit de gris.

Je m'endormis juste au moment où les aiguilles annonçaient 23 h 56.

LE ONZE

Mon lit bougeait. J'avais la chair de poule. À cause du froid ?

Puis je ressentis quelque chose au niveau du nez, comme des tapotements ou des gouttes qui tombent. Oui, c'était ça. Plic, plic, plic…

Je compris d'un coup : *il pleut.* J'ouvris les yeux. J'avais l'esprit tellement embrumé que ma vision n'était pas claire.

Je finis tout de même par comprendre que je n'étais pas dans mon lit. Je n'étais pas dans ma chambre : j'étais sur un *rocher.* Assise au sommet d'un rocher géant, flottant sur l'océan. *C'est forcément un rêve*, me dis-je. *Les rochers ne flottent pas.*

– Ça alors ! fis-je à haute voix.

Je tentai de m'éloigner du bord en reculant sur les fesses. Mais à mesure que je me déplaçais, mon îlot faisait pareil et tanguait à chacun de mes mouvements. Je dus me mouvoir à quatre pattes pour rejoindre son centre. J'avais peur de tomber à l'eau, car je ne sais pas nager, y compris en rêve.

Scrutant l'étendue d'eau au-delà de l'arête du rocher, je remarquai sa noirceur.

Au-dessus des flots, de virevoltantes volutes de brouillard s'entremêlaient, jusqu'à former un nuage gris qui m'empêchait de voir mes propres mains.

En revanche, ce que je vis, c'est qu'une bouffée de vapeur s'élevait de l'eau en sifflant chaque fois qu'une goutte atteignait la surface.

– Ça n'a aucun sens, murmurai-je pour moi-même en me recroquevillant au milieu de mon rocher. Pourquoi la pluie générerait-elle de la vapeur ?

Puis je me souvins.

Au royaume du Onze, la mer n'était-elle pas censée être si chaude que « sa brûlure pourrait vous décoller la peau » ? La pluie étant fraîche, c'était probablement l'explication.

Cela faisait tant d'années que je rêvais régulièrement des histoires de Jo ! J'essayai de me gifler pour me réveiller, mais visiblement, c'est un truc qui ne fonctionne que dans les films. J'étais piégée. Puis j'entendis quelque chose.

Une sorte de crépitement qui m'atteignait jusqu'aux os et m'irritait la peau. Un bruit d'électricité, de chaleur, de danger. Wes aurait dit : « Le danger ne fait pas de bruit », mais c'est la seule façon que j'ai trouvée de décrire le phénomène.

Je me tournai lentement pour voir d'où cela provenait, tandis que mon sang se glaçait dans mes veines et que je me mettais à transpirer.

Et c'est là que je découvris un immense mur planté au milieu de l'eau.

Je me pétrifiai à sa vue.

D'une hauteur vertigineuse, il semblait fait d'une sorte d'énergie composée d'un tourbillon de couleurs lumineuses. Il crépita de nouveau.

Mon îlot flottait dans sa direction, et je pris peur. J'allais m'écraser contre lui.

Une fois plus près, je remarquai que son énergie circulait autour de lui sous forme de nuages entourés de fumée lumineuse. Je n'eus d'autre choix que d'inspirer cette énergie tournoyante. Elle me brûla le nez, la gorge et la poitrine, et je me sentis tout étourdie.

Mes bras et mes jambes tremblaient tellement qu'il m'était presque impossible de bouger.

Je ne comprenais pas ce que le mur était en train de me faire, mais je n'arrivais plus à réfléchir. Je restai juste étendue là, à plat ventre, au centre de mon rocher flottant. J'avais l'impression de me noyer dans la fumée.

Puis quelque chose de lourd secoua mon îlot en tombant dessus, à côté de moi. J'entendis des bruits de pas. Et soudain, tout devint sombre et silencieux.

J'aspirai une grande bouffée d'air, à peine consciente que je toussais. J'aperçus une lueur claire dans le ciel au-dessus de moi. Ce n'était pas le plafond blanc de ma chambre, chez mon père. Donc, je dormais encore. Je sursautai et roulai sur le côté.

– Qu'est-ce… qui se…

– Ainsi, tu es vivante.

Quelqu'un se tenait debout au-dessus de moi, mais je n'arrivais pas à distinguer ses traits à cause du soleil.

– Que faites-vous ? demandai-je.

– C'est comme ça qu'on exprime sa gratitude ? Je t'ai aidée à *respirer*. Tu as été enfumée.

En plissant les yeux, je finis par la distinguer.

Elle était grande. Plus que moi, en tout cas. Elle semblait plus âgée, aussi. Juste de quelques années. Elle était vêtue d'un pantalon bouffant resserré au-dessus des mollets, d'une chemise à jabot, d'une veste en velours à col pointu et de chaussures multicolores. Elle portait aussi un masque scintillant sur les yeux. Sur ses hanches, pendait une ceinture à laquelle étaient accrochés divers accessoires surprenants : un clou, un couteau et une petite plaque blanche, pour n'en citer que quelques-uns.

Je détournai le regard en rougissant, gênée de l'avoir fixée trop longtemps.

– Qu'est-ce que tu entends par « enfumée » ?

– Ah ! Elle m'avait prévenue que tu ne saurais pas grand-chose, mais je n'avais pas compris que tu ne saurais *rien du tout*. Eh ben ! On dirait qu'il va falloir s'occuper de toi comme d'un vrai bébé, alors.

Je toussai une nouvelle fois, ignorant sa remarque. *Même dans mes rêves, il faut toujours que je tombe sur des nazes.*

– Et pas le moindre petit « Merci » pour t'avoir sauvé la vie ? Quelle honte !

– Merci. *J'imagine.*

– Ce n'est pas sincère, et ça s'entend ! J'avais d'autres choses à faire, tu sais ? Mais juste parce que Jo m'a dit qu'une gamine qui pourrait peut-être nous sauver allait arriver, j'ai décidé de t'aider. Et voilà que je te trouve sur un îlot, en train de voguer vers le mur dans une tenue bizarre ? Mais pourquoi me suis-je donné cette peine ?

Ma tête n'arrêtait pas de tourner. Peut-être parce que j'avais été enfumée. *Jo ? Mur ? Îlot ?* Ma bouche se mit à parler malgré moi :

– Comment ça, une tenue bizarre ? C'est plutôt la tienne qui est bizarre.

En levant une nouvelle fois les yeux vers elle, je me dis que je venais de faire une grosse erreur, et je m'attendais à ce qu'elle soit furieuse. Mais elle éclata de rire et répondit :

– En tout cas, toi, tu es sacrément étrange, non ? Tu me fais penser à elle.

Rien de ce qu'elle disait n'avait de sens. J'avais juste envie de partir d'ici. *Réveille-toi*, me suppliai-je moi-même. *Réveille-toi, s'il te plaît.*

– Encore heureux qu'elle nous ait avertis que tu arriverais sûrement sur le bourbier. C'est généralement là qu'elle atterrissait, elle aussi. Si je ne t'avais pas attendue, tu étais fichue, c'est sûr.

J'avais déjà entendu le mot « bourbier ». Nous avions vu ça en sciences. Un bourbier, c'est une étendue de boue.

– Ceci n'est pas un bourbier, dis-je. Ce n'est pas de la boue.

Cette fois, elle sourit, mais cela ne semblait pas sympathique. C'était le genre de sourire qui voulait dire qu'elle en savait plus que moi.

– Techniquement correct, ce n'est pas de la boue, mais tu as tort quand même, répondit-elle en détachant un vieux rouleau de corde de sa ceinture. Je n'ai pas dit *un* bourbier, j'ai dit *le* bourbier. C'est un marécage de feu…

–Un marécage de feu ?

Ça n'existe pas, me dis-je. *Je dois être en train de rêver du Onze, du monde de la montre de Jo.*

–Ce n'est ni de la boue ni de l'eau, poursuivit la fille.

Puis elle déroula la corde. Celle-ci rebondit une fois contre la paroi avant de toucher l'océan… mais ce n'était pas du tout un océan. Dès que son extrémité eut traversé le brouillard et atteint la surface, la corde s'embrasa d'un coup. La fille la lâcha en grimaçant, et le reste du rouleau disparut dans les profondeurs sous forme de poussière noire.

Je me réfugiai une nouvelle fois au milieu du rocher, où je me sentais plus en sécurité. J'ignorais si on pouvait mourir en rêve, mais je ne tenais pas particulièrement à le vérifier.

–Si c'est vraiment Jo qui t'envoie, c'est que tu dois être forte…

Elle se pencha au-dessus de moi et je ne pus réprimer un mouvement de recul.

–… mais tu n'en as pas du tout *l'air*.

Je soupirai discrètement. Ça commençait à bien faire. Je n'allais pas me laisser insulter indéfiniment par une fille qui n'existait même pas.

–Ce n'est qu'un rêve, marmonnai-je en croisant les bras.

Un sourcil levé, elle me fusilla du regard.

–Un… rêve ?

Je désignai de mes mains tout ce qui nous entourait.

– Tout ça, ce n'est qu'un rêve.

Elle secoua la tête.

– Elle avait dit que tu risquais de dire des trucs bizarres de ce genre.

– Quant à toi, tu n'es qu'une pirate à fanfreluches imaginaire.

Son visage était toujours impassible. Je tressaillis quand elle s'accroupit soudain à mon niveau.

– J'ignore pour quelle raison tu es censée être si exceptionnelle. Mais qui que tu sois, tu ferais bien de faire attention. On ne sait jamais à qui on parle.

Son air sérieux me faisait un peu peur, mais je n'arrivais ni à lui répondre ni à détourner le regard.

Et là, elle me donna une pichenette sur le nez.

– Eh !

Au lieu de dire autre chose, elle se redressa. Tout en me frottant le nez, j'observai les alentours et remarquai que je n'entendais plus les crépitements du mur.

– Où sommes-nous ? demandai-je.

– Sur le chemin du retour, répondit la fille sans me regarder.

Elle se tenait au bord de l'îlot, en appui sur la pointe des pieds, comme si elle faisait du skate.

– Du retour où ?

– À la maison… Au Onze, comme l'appelle Jo.

Je me mis à avoir mal à la tête. *Tout comme je le pensais.*

La douleur se propagea le long de mes bras. Puis je finis par remarquer l'objet rond qui se trouvait au creux de ma main. *La montre !* Elle était encore chaude. En desserrant les doigts pour la regarder, je découvris un spectacle qui me laissa bouche bée.

La montre de gousset en or s'était transformée en boule d'énergie multicolore. Elle avait toujours sa forme, mais elle luisait et rayonnait, comme chargée d'électricité... *Comme le mur*, me dis-je. En la portant à mon oreille, je l'entendis vrombir.

– Où as-tu trouvé ça ?

Je relevai les yeux vers la pirate. Elle semblait, elle aussi, irrésistiblement attirée par la boule d'énergie. Je n'allais pas la laisser me la prendre. Pas même en rêve.

Je refermai la main dessus, la soustrayant à son regard.

– C'est la mienne, fut la seule réponse qui me vint à l'esprit.

Elle se rua dans ma direction, ce qui fit ralentir l'îlot.

– Montre-la-moi encore.

– Non, résistai-je en fourrant l'objet dans ma poche.

Nous nous fixions mutuellement. Ayant vu son regard glisser de ma poche à ma main puis à mon visage, je compris qu'elle avait hésité à faire quelque chose, mais y avait renoncé.

– Très bien. J'aurais peut-être mieux fait de ne pas venir à ta rescousse, après tout.

– Et pourquoi l'as-tu fait *quand même* ?

– C'est Jo qui nous l'a demandé.

– D'accord, mais *pourquoi* ?

Elle se retourna vers moi en grimaçant.

– Parce qu'elle a dit que tu nous aiderais à ton tour.

– Que je vous aiderais à quoi ?

– À détruire le mur.

– Qu'est-ce que tu veux que ça me fasse ? ricanai-je.

Une seconde plus tard, j'étais couchée sur le dos. Le talon de sa chaussure venait de me percuter en pleine poitrine.

– Je t'avais prévenue.

– Aïe ! Bon sang ! Pourquoi t'as fait ça ?

– Ce mur nous isole des autres heures. Cela signifie que je ne suis plus – que *nous* ne sommes plus – en liberté. Contrairement à *toi*. Tu peux partir quand tu veux. Alors que nous, nous sommes piégés ici.

– Pourquoi n'essayez-vous pas de voler ou de sauter par-dessus, par exemple ?

La fille leva les yeux au ciel, tout en se retournant vers le bord pour reprendre les commandes de l'îlot.

– Elle nous a dit que tu allais nous aider, mais visiblement, tu ne connais rien à rien.

– Oui, eh bien, Jo dit beaucoup de choses.

– Qu'est-ce que tu entends par là ? me demanda la pirate avec un regard perçant.

– Rien, c'est juste que… euh, elle est malade. Elle ne sait pas ce qu'elle raconte.

– Tu mens. Elle ne nous a jamais dit qu'elle était malade.

Quelque chose dans sa façon de prononcer ces mots me mit en colère, et je sentis mon visage chauffer.

– Si elle n'était pas malade, tu crois vraiment qu'elle m'aurait donné ça, peut-être ? demandai-je en brandissant une nouvelle fois la boule d'énergie avant de la remettre aussitôt à l'abri.

La fille avait les yeux écarquillés.

–Ce n'est pas possible, mais… pour que Jo t'ait donné la boule, il fallait qu'elle soit dans l'incapacité de venir nous voir…

Je l'interrompis d'un cri aigu à cause d'une bestiole qui avait failli me taper dans le front.

Longue comme une chenille et fine comme de la ficelle, elle était tellement mince que son corps se tortillait en vol. Dotée de petites pattes dodues et flanquée de deux grandes ailes noires, elle se déplaçait dans le ciel d'un air maladroit.

–Qu'est-ce que c'est que ça ?

Puis la bestiole fonça tout droit vers la surface mortelle du bourbier.

Je me tournai vers la fille, qui ne semblait pas du tout inquiète.

–C'est une flamboyante. Tu devrais peut-être te baisser, à propos.

–Pourquoi ?

J'eus la réponse quelques secondes plus tard.

La grosse bestiole ressortit de l'océan. Son corps tout entier était *en feu*, comme une mèche de bougie. Paraissant plus courtes et plus puissantes qu'auparavant, ses ailes battaient à travers les flammes.

Elle vrombit à toute allure juste au-dessus de ma tête. J'eus seulement le temps de me baisser, mais je sentis tout de même l'odeur de roussi des quelques cheveux évadés de ma coiffure. Je m'empressai de les aplatir.

–Donc, tu ne sais pas ce que sont une flamboyante, le bourbier, un îlot, le mur ou le Onze, mais tu es censée nous sauver, et tu possèdes ta propre boule à fumée, ricana la pirate.

–Ce n'est pas une boule à fumée, c'est une montre.

–En tout cas, elle a l'air faite de fumée, et c'est comme ça que Jo l'appelait: «boule à fumée». Selon elle, elle permettait à son esprit d'entrer dans notre monde.

Je refusais de continuer à lui répondre. J'en avais déjà assez d'elle. Je me contentai de hausser les épaules.

–Je pense que, bientôt, tu seras la personne que j'apprécierai le plus ou que je détesterai le plus ici, déclara-t-elle soudain.

Cet étrange aveu me fit monter le sang aux joues.

–Comment tu t'appelles ? poursuivit-elle.

J'envisageai un instant de mentir, mais à quoi bon ? Il ne s'agissait que d'un rêve, après tout.

–Je m'appelle Rose.

–Ça ne te va pas du tout, tu n'as pas le teint rose ! Moi, c'est Roussette.

Il était vrai que ses taches de rousseur se voyaient très bien au soleil.

–Eh bien, ma chère Rose-pas-si-rose, on dirait bien que nous y sommes, conclut-elle.

–Où ça ?

J'eus la réponse en regardant autour de moi. Nous avancions vers une île beaucoup plus grande que notre îlot, sur laquelle se trouvait une ville. Cette dernière projetait des couleurs fantomatiques sur la voûte de nuages au-dessus de nous. De loin, il était difficile de distinguer les gens, mais l'endroit était bigarré, bruyant et très animé.

On aurait dit une fête.

Puis Roussette se plaça devant moi, me bloquant la vue.

– C'est le Onze ?

Elle tira la plaque et le clou de sa ceinture, puis entreprit d'y graver quelque chose.

– Exactement. Mais il ne faut pas que nous y allions ensemble. Nous nous ferions sûrement prendre. Nous allons donc devoir nous séparer et nous retrouver sur la terre ferme. Jo t'a dit où aller, pas vrai ? Au cimetière ?

– Quoi ? Et pour atteindre la rive, tu as l'intention de nager dans le *feu* ?

– Tu n'es pas la seule à avoir des pouvoirs, répondit Roussette avec un demi-sourire.

Puis elle baissa de nouveau le regard sur sa petite plaque et termina son dessin.

Quelques secondes plus tard, l'objet prit une légère lueur violette. Roussette l'éloigna d'elle et regarda une matière lumineuse s'en écouler, puis se mettre à grossir encore et encore. Je ne pus m'empêcher de reculer en voyant la forme devenir un petit voilier finement ciselé tanguant sur le bourbier. Elle monta à bord. La lueur subsista, révélant que l'embarcation était faite de la même pierre lisse que la plaque.

– Alors ça, c'est la classe !

Paraissant presque surprise, la pirate m'adressa un sourire.

– Merci. On se retrouve là-bas !

Elle manœuvra la voile de manière à s'éloigner de l'îlot.

– *Rosemary.*

J'entendis une petite voix semblant arriver au-dessus de moi.

– *Rosemary.*

La voix me paraissait toujours plus forte, plus proche. On aurait dit qu'elle provenait de la ville. Je me tournai dans cette direction. Les couleurs du ciel se mirent à vibrer et le volume de la voix augmenta de plus belle.

– *Rosemary !*

UNE MAUVAISE NOUVELLE

– ROSEMARY, RÉVEILLE-TOI !

Mes yeux s'ouvrirent d'un coup. J'étais brûlante et en sueur. La chaleur semblait provenir de ce que je tenais au creux de ma main. *La montre !*

J'étais étendue, en boule, sur quelque chose de moelleux. *C'est mon lit*, compris-je, déçue et soulagée à la fois. *Ce n'était donc qu'un rêve.*

Je reconnus la voix de Wes.

– Rosemary ! Tu m'entends ?

Je me ruai à la porte, le cœur battant.

Wes avait d'énormes cernes sous les yeux, mais il était déjà en costume, les cheveux soigneusement coiffés en arrière.

– Qu'est-ce qui se passe ?

Il me tendit mon sac à dos.

– Pourquoi ?

– On doit partir, me répondit-il en tournant les talons, puis en s'en allant d'un pas traînant dans le couloir. Habille-toi et rejoins-moi dans la voiture.

Je jetai un œil à la pendule murale. Il n'était même pas 8 heures.

– Attends, je…

Mais il n'était déjà plus là.

Encore à moitié dans mon rêve, j'avais du mal à bien saisir la situation. Je toussais sans arrêt, avec l'impression que mes poumons étaient pleins de fumée. *C'est bizarre*, me dis-je tout en me brossant les dents, avant de remettre mes vêtements sales.

En fourrant toutes mes affaires dans mon sac, je tombai en dernier sur la montre. Je la soulevai délicatement.

Tu es sûre ? Certes, Jo me l'avait donnée. Mais il était évident qu'elle était très malade à ce moment-là. Et c'était ce qu'elle avait de plus précieux. Je me disais qu'elle aurait probablement envie de la récupérer dès qu'elle irait mieux. *Je devrais la lui apporter, juste au cas où.* Je demanderai à Wes de me reconduire à l'hôpital aujourd'hui, pour lui rendre une autre visite. Peut-être se sentait-elle même déjà mieux.

Mon père attendait dans la voiture, les yeux rivés droit devant lui. Il avait l'air en colère, mais je ne voyais pas comment j'avais pu le contrarier. Je bondis sur le siège passager. Quand il commença à avancer dans l'allée, je n'osai pas poser de questions.

– Que s'est-il passé à l'hôpital ? me demanda-t-il sans élever le ton.

– Hein ?

– Qu'est-ce qu'elle t'a dit ?

– Euh… je te l'ai déjà raconté. C'était juste une histoire de magie très bizarre que je n'ai pas comprise.

Il émit un petit sifflement en aspirant de l'air entre ses dents. Il essayait de cacher que quelque chose le tracassait.

– Non, qu'est-ce qu'elle a dit d'*autre* ?

– Rien, sincèrement. On a juste parlé d'art, de choses comme ça.

Il hocha la tête, en s'obstinant à ne pas me regarder. Alors, après un long moment, je trouvai le courage de reprendre la parole.

– En fait, je me demandais si je pourrais lui rendre visite aujourd'hui, et…

– Elle est partie.

– Quoi ?

– Elle s'est échappée de l'hôpital cette nuit. Personne ne sait où elle est passée.

Après un silence, il poursuivit :

– Toi, tu as une idée d'où elle aurait pu aller ?

Je secouai la tête, la gorge serrée à mort. Mais, à part dans son monde magique, Jo ne m'avait jamais parlé d'aller où que ce soit.

J'espérais qu'elle nous faisait juste une blague, un truc du genre. Mais j'avais beau essayer de me convaincre qu'elle était en pleine forme, l'inquiétude se mit à me grignoter de l'intérieur. *Et si elle n'allait pas bien du tout ?* Hier, elle était très, très malade. Peut-être avait-elle *vraiment* besoin d'être à l'hôpital ?

– Tu me ramènes à la maison ou au boulot de maman ?

– Aucun des deux. Je te conduis à l'école.

– Mais je croyais que tu avais déjà prévenu le collège que je serais absente aujourd'hui.

–Ça, c'était avant la disparition de Jo. Maintenant, il faut que je m'occupe de ça. Et puis, ta mère travaille. Par contre…

Il agita la main en l'air, sans toutefois se tourner vers moi.

–… il faudra que tu expliques ta présence à ton prof. Je suis sûr qu'il comprendra.

–Mais je n'ai pas fait mes devoirs, ma batterie de téléphone est à plat, je n'ai pas pris de douche et je porte mes vêtements de…

Il me regarda enfin, et je me tus aussitôt. Il avait l'air totalement éreinté.

–Allez, Rosemary, ça va bien se passer. C'est juste pour une journée. Tu peux faire ça pour moi ?

–Oui, murmurai-je.

Nous ne parlâmes plus jusqu'à la fin du trajet.

Dans le véhicule, l'air était lourd, et le mug de café qui fumait dans le porte-canette juste devant moi sentait encore plus fort que d'habitude. On aurait pu croire que la voiture se remplissait de cette odeur pour compenser le manque de conversation. Mais même si j'avais eu envie de dire quelque chose, je n'aurais pas pu. J'étais absorbée par une idée fixe et les nombreuses conséquences susceptibles d'en découler :

Qu'est-il arrivé à Jo ?

LE NOUVEAU

Quand nous arrivâmes au collège, la cloche était sur le point de sonner. Les élèves et les professeurs se précipitaient donc en tous sens, tel un essaim d'abeilles.

Wes me déposa pile devant. Je n'avais pas l'intention d'aller en cours, mais il attendit de me voir entrer avant de repartir. Je dus donc me cacher dans le couloir, sachant que ressortir sans me faire repérer n'allait pas être de la tarte.

Les couloirs étaient bondés. Insupportablement bondés. Tout le monde hurlait et courait. *Je n'ai plus qu'à passer cette porte pour retrouver ma liberté.*

– Eh ! Rosie moisie !

Argh ! Jeremiah.

– Fais pas semblant de pas me voir, Rosie moisie !

Je pourrais peut-être le semer dans la foule. Plus je marchais vite, plus sa voix s'approchait. Je refusai de m'arrêter.

– Rosie moisie ! insista-t-il en attrapant la poignée du haut de mon sac à dos. Pourquoi tu vas si vite ?

Il m'examina de la tête aux pieds avec un grand sourire. Les profs le croyaient gentil parce qu'il souriait tout le temps.

– Lâche-moi, lui lançai-je.

Il me retint encore plus fermement, et je tentai une nouvelle fois de me dégager de sa poigne. Il me lâcha juste au moment où j'étais en déséquilibre, et j'atterris sur les genoux.

Des élèves s'arrêtèrent pour me montrer du doigt et murmurer des trucs. Mes joues se mirent à chauffer.

– Oups ! Je l'ai pas fait exprès. Mais tu n'aurais pas dû tirer aussi fort, aussi !

Oh que si, tu l'as fait exprès.

J'avais l'impression de sentir mon sang cogner dans mes veines. D'après maman, c'était « l'adrénaline ». Parfois, quand j'en avais vraiment trop, je me mettais juste à pleurer. Mais il était hors de question que ça m'arrive devant Jeremiah.

– Laisse-moi t'aider, fit-il en me tendant la main, comme s'il voulait vraiment me rendre service.

Je n'étais pas si bête. Il tirerait probablement hyper fort pour me faire mal au bras. Ou bien il me lâcherait encore à la dernière seconde et je retomberais. Puis il ferait de nouveau semblant que c'était accidentel.

Je me relevai donc moi-même en m'interdisant de le regarder.

– Pourquoi tu me snobes, Rosie ? Je voulais juste te poser une question par rapport aux devoirs. Mais, attends, tu portes les mêmes fringues qu'hier, non ?

Bien entendu, il l'a remarqué. Il faisait attention à tout, histoire de ne jamais rater la moindre occasion de se moquer.

J'ignore ce que j'avais fait pour qu'il me haïsse à ce point. Je suppose que c'était seulement parce que je n'avais pas d'amis pour m'aider à riposter. *Mais si je ne peux en avoir que des comme lui, je préfère ne pas avoir d'amis du tout.*

–Tu ne changes même pas de vêtements ! Beurk, tu mérites *vraiment* ton nom, Rosie moisie.

Je ne sais pas si c'est à cause de la fatigue due à mes rêves étranges ou du souci que je me faisais pour Jo, mais la colère m'envahit. Je fulminais. Cette fois, je ne réussis pas à faire semblant. Je me tournai vers lui.

–Mais *comment tu sais* ce que je portais hier, Jeremiah ?

Son sourire retomba.

–Je ne fais pas attention à *toi*, poursuivis-je la voix tremblante. Alors, pourquoi est-ce que toi, tu fais attention à *moi* ?

Une ou deux personnes s'étaient arrêtées pour assister au spectacle. Je sentais monter mon « adrénaline ». Je ne voulais vraiment, vraiment pas pleurer, mais j'étais déjà allée trop loin pour m'en tenir là.

–Je ne fais pas attention à toi ! cracha-t-il. C'est juste que t'es tellement moisie que c'est difficile de t'ignorer !

–Eh bien, fais un effort, lui lançai-je avant de commencer à m'éloigner.

Une petite voix au fond de ma tête me rappela que c'était son anniversaire. *Et celui de Fallon*, me dis-je aussi, la gorge serrée. C'était la première fois depuis l'école maternelle que je n'étais pas invitée à sa fête.

Je n'aurais peut-être pas dû être aussi dure avec Jeremiah un jour comme celui-là.

Mais il mit rapidement fin à mes doutes.

– Attends ! Non ! Tu vas où ? Tu ne peux pas juste dire ça et…

Je le sentis attraper une fois de plus la poignée de mon sac à dos. Je l'avais sûrement humilié. Pas très malin de ma part. Parfois, les gens se comportent cruellement juste parce qu'ils sont gênés.

– Jerry !

Nos deux têtes pivotèrent. C'était Fallon. Ses longs cheveux blonds étaient coiffés en deux tresses.

– Qu'est-ce que tu fiches ? On va être en retard en cours.

Elle ne le quitta pas une seconde des yeux, comme si j'étais transparente. Si je me mettais à m'habiller comme les filles populaires et que j'apprenais à me faire des tresses, moi aussi, est-ce qu'elle m'apprécierait de nouveau ?

Cela en vaudrait-il la peine ?

– Vas-y, je suis occupé, répondit-il à sa sœur avant de secouer un peu mon sac, ce qui m'envoya des ondes de choc tout le long des bras et des jambes.

– Laisse tomber, Jerry. Allez, viens…

– Eh, qu'est-ce qui se passe, ici ?

C'était le nouveau. Alejandro. Il portait des baskets et un blouson de cuir jaune. Je n'avais encore jamais vu quelqu'un porter un blouson de cuir jaune. C'était plutôt classe.

– On discute, c'est tout, le rembarra Jeremiah.

Alejandro le toisa, un seul sourcil levé.

– Pourquoi tu tiens son sac, dans ce cas ?

– Elle est tombée ! bafouilla-t-il en me lâchant.

– Jeremiah ! intervint Fallon en prenant son frère par la main. On va être en retard.

Tandis que sa sœur tentait de l'entraîner, Jeremiah nous pointa du doigt.

– Et eux, pourquoi ils ne viennent pas ?

– J'ai super mal au bide. Il faut que j'aille voir l'infirmière avant de te vomir dessus, répondit Alejandro.

Jeremiah se tourna vers moi.

– Pareil, je vais te vomir dessus aussi, fut tout ce que je m'avérai capable de balbutier.

Avant que Jeremiah n'ait pu enchaîner, Fallon le tira à travers la foule. Je l'entendis juste crier « Mais pourquoi elle est aussi tordue ? » avant qu'ils ne disparaissent.

Mais les cours étaient sur le point de commencer. Il ne me restait plus beaucoup de temps pour m'évader.

– Merci, lançai-je à Alejandro par-dessus mon épaule avant de foncer dans le couloir en direction de la sortie.

Ce ne fut qu'une fois dehors que je remarquai un bruit de pas derrière moi. Je me retournai d'un coup.

C'était Alejandro.

– Où vas-tu ? me demanda-t-il.

– Tu n'as pas dit que tu étais malade ?

– Ah, ça ! s'esclaffa-t-il. Je l'ai inventé pour que ce mec nous laisse tranquilles.

Nous *laisse tranquilles* ?

– Et tu ne vas pas avoir de problèmes pour avoir séché les cours ?

Alejandro haussa les épaules.

–Et toi ?

Faute de réponse évidente et d'envie d'y réfléchir, je continuai juste à marcher.

Notre campus étant une ancienne école catholique, il comprend une vieille église que plus personne ne fréquente, juste derrière. Tout le monde dit qu'elle est hantée.

Moi, je l'adore.

Bien sûr, elle est plutôt sale et froide, mais elle a quelque chose d'un peu magique. Comme les vieux châteaux et ce genre d'endroits. On y trouve beaucoup de tableaux à la fois sombres et colorés.

Je l'ai découverte au début de l'année, quand je n'avais pas d'amis avec qui manger.

Je pouvais y peindre ou regarder des tableaux, et me cacher dans les coins noirs. Personne ne m'y avait jamais trouvée et je ne l'avais encore jamais montrée à personne.

Alors, pourquoi y amenais-je le nouveau ?

Je n'avais pas d'autre endroit où aller, je suppose, et il s'obstinait à me suivre.

Arrivée au milieu de ce vaste espace au sol en pierre, je me retournai :

–Voici donc l'église *hantée*.

J'avais prononcé le dernier mot plus fort afin qu'il se réverbère contre le toit élevé. Alejandro s'approcha, et ses pas résonnèrent aussi.

–Hantée par quoi ?

Nous nous tournâmes tous les deux vers un long mur sur lequel de vieux portraits nous toisaient d'un œil sévère.

–Je ne sais pas, lui répondis-je en le fixant. Des fantômes, probablement.

Il me regarda à son tour.

–Ouais, cool.

–Oh, qu'est-ce que c'est que ça ? demanda-t-il en s'avançant vers le coin opposé.

–Attends, stop…

Il se dirigeait vers le plus grand vitrail, au-dessous duquel se trouvaient un chevalet et, empilés juste à côté, tous les tableaux que j'avais peints durant les pauses-déjeuner.

–Ne touche pas à ça.

Mais il était trop tard. Il était planté devant celui sur lequel j'avais travaillé la veille, juste avant que mon père ne vienne me chercher.

C'était une huile représentant un gros bateau dont tante Jo m'avait parlé, une fois. Selon elle, il avait l'air d'un château, mais flottait au-dessus de l'eau, porté à l'aide de longues ficelles par des nuées de chenilles volantes aux ailes noires.

En les revoyant, ces chenilles me firent étrangement penser aux flamboyantes.

Euh… peut-être que c'est justement parce que je les avais peintes que j'en ai rêvé. Ce serait assez logique.

Quand Jo m'avait décrit ce château flottant, j'avais non seulement compris qu'il était magnifique, mais aussi que je ne le verrais jamais si je ne le peignais pas moi-même. C'était pour ça que je l'avais fait. La plupart de mes tableaux représentent des choses dont ma tante m'avait parlé quand j'étais petite et que j'avais envie de voir.

Cela faisait une semaine que je travaillais sur celui-ci. Il était presque terminé. J'aurais voulu continuer à la maison, mais impossible de peindre chez mon père, et maman avait toujours peur que je mette de la peinture sur les meubles.

– Qui a fait ça ?

Je n'eus pas le temps d'arrêter le geste d'Alejandro : il fit glisser son doigt sur une lanterne du vaisseau-château. Partant d'une bulle de peinture à l'huile encore humide, un long trait orange s'étirait maintenant jusqu'aux flamboyantes du haut de la toile.

– Oups ! Désolé, je ne savais pas qu'il n'était pas sec.

Il approcha de nouveau la main pour tenter d'effacer la coulure, mais je retins son poignet.

– Je suis tellement maladroit, ajouta-t-il.

– T'inquiète.

– Mais la personne qui a fait ça va être furieuse.

– Non, ça va aller, répondis-je en prenant un pinceau sur la table à côté du chevalet et en commençant à retoucher.

– Comment tu le sais ?

– Parce que c'est *moi* qui l'ai peint.

– Non, sérieux ?

Sa surprise me fit grimacer. Très peu de personnes avaient déjà vu mes peintures.

– C'est le meilleur truc que j'aie jamais vu ! s'exclama-t-il en se penchant pour regarder de plus près.

– Tu… tu crois ?

– Bon, peut-être pas le *meilleur* truc… Le meilleur truc que j'aie jamais vu, c'est une pizza macaronis fromage. Mais c'est quand même vraiment très bien.

Je souris. Ce n'était pas le *meilleur* truc que quelqu'un puisse me dire, mais c'était *vraiment* très bien aussi.

–Zut, zut ! Et moi qui l'ai abîmé ! Je suis désolé. Comment puis-je t'aider à arranger ça ?

–Ça va, répondis-je tout en regardant la traînée orange. J'aime bien, en fait. On dirait une boule de feu ou un truc comme ça.

Plutôt une trace de pneu, en vérité. Mais qu'est-ce que ça peut faire ? De toute façon, personne ne verra jamais ce tableau !

–Je ne sais pas comment on peut apprendre à faire quelque chose comme ça.

–Je m'exerce beaucoup, c'est tout.

–Tu sais à quoi ça me fait penser ?

–À quoi ?

–À *Torch Throwers*, les Lanceurs de torches, dit-il en s'asseyant, tandis que son visage s'égayait et qu'il tirait sa tablette de son sac. Je vais te montrer.

Son écran était couvert d'icônes de jeux de toutes les couleurs.

–C'est lequel ? lui demandai-je.

–Celui-là. C'est juste un jeu de réflexe, mais le graphisme est sympa.

Il semblait presque gêné et son regard était rempli d'incertitude. Quant au ton de sa voix, je ne pouvais que le connaître : il m'arrivait de l'employer aussi.

–J'aime bien les graphismes sympas.

Il me sourit tout en faisant glisser la moitié de la tablette entre mes mains.

– Dans ce cas, tu joues attaquant et je joue défenseur.

Dès qu'il eut touché l'icône représentant une torche enflammée, de la musique se mit à carillonner, et une explosion de couleurs envahit l'écran. Devant, en plein milieu, se trouvait un château blanc et doré qu'on aurait pu croire directement peint sur la tablette. Le mot START apparut en rouge vif sur le château.

– Prête ?

Alejandro appuya sur le bouton. La musique se mit à pétarader en accélérant, et les couleurs redoublèrent de brillance. De petits bonshommes et de petites bonnes femmes surgirent en courant et se placèrent devant le grand pont-levis en bois. De mon côté, ils portaient des torches. Du sien, ils tenaient des boucliers.

– Prépare-toi pour la castagne, m'avertit mon coéquipier.

Là, une silhouette géante sortit de derrière le château. La créature sombre et couverte d'écailles semblait de très mauvaise humeur.

Un dragon.

De ses grandes ailes, il enveloppa le château et faillit le briser en deux. Puis, les yeux rouges incandescents, il poussa son cri aigu sur fond de ciel orangé.

– Vas-y, appuie !

Je m'exécutai. Un des petits bonshommes lança sa torche. Celle-ci atteignit le dragon, qui se mit alors à gémir.

– OK, à mon tour.

Le monstre nous cracha des flammes dessus. Alejandro tapota l'écran, et un porteur de bouclier fit un bond en avant, empêchant le boulet enflammé de tomber sur les villageois.

– Donc, le but est d'arrêter le dragon, c'est ça ?

– C'est ça : arrêter le dragon.

– Fastoche !

J'avais tort.

Balayés par les ailes de la créature ou brûlés par des boulets enflammés, nos petits personnages se mirent alors à disparaître les uns après les autres.

Mais nous continuâmes à tapoter, tandis qu'Alejandro criait toujours plus fort. Ensemble, nous allions peut-être finir par gagner. Mais je n'arrivais pas à imaginer comment on pouvait jouer à ce jeu tout seul.

Au bout d'un moment, le dragon finit par chanceler. Cependant, il ne nous restait plus que deux bonshommes. L'un avec un bouclier, l'autre avec une torche. Alejandro et moi ne communiquions plus qu'en hurlant.

– MAINTENANT !

– VAS-Y ! VAS-Y ! VAS-Y !

Sur la droite, la dernière petite bonne femme se jeta en avant avec son bouclier, pendant que le dernier petit bonhomme envoyait la seule torche qu'il lui restait.

Le dragon cracha un ultime jet de flammes, dont la lueur incandescente envahit tout l'écran.

– VAS-Y ! hurlai-je.

Mais il était trop tard. Tous les boucliers et toutes les torches avaient disparu.

Quand la lumière de l'explosion s'éteignit, le château n'était plus qu'une ruine. Ses murs étaient pleins de trous et il n'avait plus de plafond.

Les mots GAME OVER se mirent à danser sur l'écran.

Alejandro et moi restâmes un moment silencieux. Puis je pris la parole.

–Euh, ç'a été...

–Assez déprimant ? conclut Alejandro à ma place.

–Assez, répondis-je.

–Ouais, honnêtement, je ne maîtrise pas trop ce jeu. Je me suis dit que nous pourrions peut-être gagner ensemble.

–En... ensemble ?

–Bien sûr, répondit-il, rayonnant. Pourquoi pas ?

Depuis l'été dernier, plus personne ne voulait avoir la moindre interaction avec moi. Et maintenant, même Jo était partie, juste au moment où je croyais l'avoir retrouvée. Je regardai la tablette d'Alejandro.

Le château se reconstruisit, le soleil remonta dans le ciel, et tout redevint comme au début. Puis le mot START réapparut en grosses lettres brillantes.

–J'aimerais pouvoir faire ça dans la vraie vie, marmonnai-je pour moi-même.

–Faire quoi ?

–Tout annuler et recommencer à zéro.

Il me regarda en silence, mais ni de façon méchante ni comme s'il n'avait pas compris. Il donnait plutôt l'impression d'être en train de réfléchir.

Je ne connaissais Alejandro que depuis quoi, une heure ? Et je me sentais déjà plus à l'aise avec lui qu'avec n'importe quel autre élève.

–Je crois que c'est ce que mes parents ont tenté de faire en revenant vivre ici, finit-il par dire.

–Tu es d'où ?

–Je ne suis de nulle part. C'est bien là le problème. Mes parents n'arrêtent pas d'appuyer sur le bouton de redémarrage.

Je le fixai, un peu perplexe.

–On vient d'ici, poursuivit-il. Même si, en fait, je suis né en Arizona. Mais, euh…

Il baissa les yeux et soupira.

–… il y a eu un gros problème. Un accident. Et il a fallu que j'aille vivre avec la famille de mon père, à Mexico.

J'avais envie de l'interroger à ce sujet, mais je compris qu'il ne souhaitait pas en dire davantage, car il enchaîna aussitôt:

–Après, ma mère a trouvé du boulot en Californie, puis à Houston, puis en Floride. C'est nul, parce que je n'ai jamais eu le temps de me sentir à l'aise quelque part, tu vois ce que je veux dire ?

Waouh ! Il a habité dans plus d'endroits que je n'en ai jamais vu.

–Pourquoi avez-vous déménagé si souvent ?

–Les ennuis se sont succédé. Les accidents. Les erreurs… Je ne sais pas pourquoi. Chaque fois que les choses commençaient à s'améliorer, un événement terrible survenait, et il fallait qu'on s'en aille de nouveau.

–Je suis désolée, dis-je, ne sachant pas quoi répondre d'autre.

Il haussa les épaules.

–Ça va. Ce que ça m'a appris, c'est qu'il faut trouver un moyen de se sentir bien où qu'on se trouve.

Son air sombre fit place à une expression lumineuse, et il sourit.

–Chaque fois qu'il se passe quelque chose de négatif, quelque chose de positif arrive après. Donc, ça ne sert à rien de tout reprendre depuis le début. Mieux vaut continuer à jouer en attendant le prochain truc positif. Tu vois ce que je veux dire ?

–Je crois… Mais qu'est-ce qu'il y a de positif dans le fait de perdre à *Torch Throwers* et que tous nos petits bonshommes se soient fait carboniser ?

–Eh bien, ça nous donne une bonne raison d'y rejouer.

Je hochai la tête en repensant à tout ce qu'il avait dit. Je ne pouvais pas ignorer la question qui me taraudait. Cependant, je n'en prononçai qu'une partie à haute voix et gardai le reste pour moi :

–Pourquoi as-tu pris ma défense… *et pourquoi est-ce que tu m'as suivie jusqu'ici, as joué avec moi, et m'as proposé de recommencer…* et tout ça ?

Alejandro s'étendit en croix sur le sol en pierre.

–Je suis allé dans des tas d'écoles et j'ai rencontré des tas de gens, mais la plupart ne m'appréciaient pas.

–Pourquoi ?

Alejandro haussa les épaules, toujours couché sur le dos.

–Je pense que c'est parce que j'étais toujours nouveau, ce qui me rendait différent. Et plus je me sentais différent, plus j'étais réservé. Et plus j'étais réservé, plus les autres devenaient méchants.

Un frisson parcourut ma colonne vertébrale. Je savais exactement de quoi il parlait.

–Mais maintenant que je suis de retour ici, j'ai envie d'un nouveau départ ! Quitte à ce que ça me cause quelques désagréments, je vais faire confiance à mon instinct. Et mon instinct m'a dit que tu avais besoin d'aide.

– J'avais surtout retenu qu'il t'avait prévenu que tu allais bientôt vomir, dis-je, tout en me couchant sur le dos à mon tour.

– Ouais, c'est vrai. Peut-être les deux.

Nos éclats de rire ricochèrent contre les parois de pierre.

Puis il y eut un bref silence. J'entendis le blouson de cuir d'Alejandro frotter contre le sol tandis qu'il s'asseyait.

– Qui c'est, ce mec, au fait ?

– Oh, Jeremiah ? grognai-je. J'étais amie avec sa sœur, mais d'un coup, on aurait dit que… euh, que tout le monde avait changé. Sauf moi. Ils ont commencé à porter des fringues plus stylées, à traîner par petits groupes, à s'envoyer des blagues dont je n'avais pas les références par texto.

Depuis le sol, je le voyais à l'envers.

– D'abord, ils n'ont plus voulu traîner avec moi, puis ils se sont mis à devenir cruels. Dans leur bande, la *méchanceté* est bien vue. Tu sais de quoi je parle, non ?

Il acquiesça en silence.

– Qu'importe, fis-je sans réfléchir. Je m'en fiche, je crois. Je n'ai pas besoin d'amis.

Je regrettai aussitôt ces paroles. Elles étaient presque insultantes pour lui.

Il enchaîna :

– Où est-ce que tu manges à midi ?

– Ici, toute seule, en général. Pourquoi ?

– Euh, peut-être que je pourrais parfois me joindre à toi. J'ai encore plein de jeux à te montrer.

Je me redressai d'un coup.

– Ah bon, vraiment ?

Ce n'était pas ce que j'avais voulu dire.

– Euh, juste si tu as envie.

– Bien sûr que oui ! répondis-je avec trop d'empressement. Ça pourrait être cool.

– Cool, répéta-t-il en se levant et en rangeant ses affaires dans son sac. Je crois qu'il faut que j'aille en classe avant de m'attirer *vraiment* des ennuis.

Tandis qu'il montait les marches de pierre menant à la sortie, une pensée se mit à me travailler. Il y avait un sujet dont j'avais très envie de parler mais que je n'avais pas osé aborder.

– Alejandro ?

Il se retourna.

– Merci.

Il sourit et hocha de nouveau la tête avant de refermer la porte derrière lui.

Après son départ, je ne fus pas tentée de l'imiter. Je n'avais aucune envie de voir tous les autres. Alors, je me mis à peindre.

Je repris le travail sur la toile du château. Le sourire aux lèvres en repensant à la tête d'Alejandro quand il avait fait sa bêtise, j'ajoutai de petites traînées derrière les autres boules de feu.

Et quand j'en eus terminé avec ce tableau, je m'emparai d'une nouvelle toile.

Je commençai à esquisser les contours d'une énorme pierre flottant au milieu d'un marais enflammé, et la silhouette d'une grande pirate à fanfreluches.

Je me rappelais son visage dans les moindres détails, jusqu'à la dernière tache de rousseur.

Puis je commençai un nouveau dessin, représentant le monstre dont j'avais rêvé en classe la veille.

Je continuai jusqu'à ce que mes doigts se raidissent, puis m'allongeai sur un banc en soupirant. Ça faisait combien de temps, maintenant ? Je ne pouvais plus peindre, mais je devais attendre 15 heures, quand maman aurait fini son travail. Là, je pourrais l'appeler pour lui demander de passer me chercher.

Je sortis la montre de ma poche et l'ouvris. Il était juste un peu plus de 11 heures.

À force de regarder tourner les aiguilles, mes paupières ne tardèrent pas à s'alourdir. Le simple fait de regarder la montre me donnait atrocement – je bâillai – *sommeil.*

Je ne sais pas trop au bout de combien de temps je m'endormis. J'imaginai le sombre bourbier de la nuit précédente, son aspect, sa chaleur et sa proximité avec les terres. Je mourais d'envie de savoir à quoi ressemblait cet endroit magique.

Les images se troublèrent, jusqu'à devenir noires.

LE ONZE

Boum ! Scratch !

Le sol tremblait. Cela me parut plus ou moins familier, mais étrange tout de même. Mes paupières se soulevèrent d'un coup. La lumière me fit grimacer. Puis le sol bougea de nouveau.

Boum ! Scratch !

Mes yeux s'écarquillèrent.

J'étais de retour dans le monde de la montre. Tout y était comme la nuit précédente, sauf que mon îlot ne flottait plus sur le bourbier. Il avait commencé à *grimper* sur la terre ferme.

Par crainte de tomber, je me déplaçai à quatre pattes pour m'approcher du bord. En tendant le cou, je découvris alors en contrebas une vaste étendue de sable foncé.

Puis je vis la jambe. Aussi épaisse qu'un tronc d'arbre, couverte d'écailles noires auxquelles la lumière donnait des reflets bleus. Sortant de sous l'îlot, elle s'éleva devant moi puis retomba lourdement sur le sol.

Boum !

Elle avançait en tirant l'îlot à travers le sable, les coquillages et les rochers.

Scra-atch !

Au pas suivant, je faillis être éjectée.

Boum ! Scratch !

Nous nous éloignions du bourbier, dont je voyais les vagues luisantes s'échouer sur la rive dans mon dos.

Bam !

Je perdis le contrôle de moi-même quand je sentis que nous étions en train de monter. Trop effrayée pour regarder en bas, j'observai ce qu'il y avait devant. Nous nous dirigions vers un amas de gros rochers au pied d'une falaise.

Bam ! Bam ! Bam !

Soudain, j'entendis un souffle puissant sous moi, et mon îlot tomba immédiatement par terre.

Redoutant la suite, je me laissai glisser sur le sable.

Tout ceci pouvait-il être réel ? Ce que Jo m'avait raconté à propos de la montre était donc vrai ? Alors que commençait à naître en moi un minuscule soupçon d'espoir, l'image de Wes me riant au nez me vint à l'esprit. « La magie n'existe pas », l'entendais-je répéter. Si jamais la rumeur que j'y croyais se répandait, je serais la risée du collège. Pourtant, rien de tout cela ne ressemblait à l'un de mes rêves passés.

Je me retournai vers l'îlot. Une énorme pierre plate à la surface irrégulière lui tenait lieu de carapace. Quatre grosses jambes étaient maintenant repliées en dessous, tandis qu'une longue queue fouettait constamment ses flancs. Mais quand je découvris sa tête, je me mis à trembler de tout mon corps.

Sous des sourcils proéminents, un œil orange, tournoyant comme une toupie, était rivé sur moi.

Incapable de détourner le regard, je vis alors deux oreilles pointues se dresser dans ma direction. Tentant de reculer comme si de rien n'était, je trébuchai contre une pierre et basculai en poussant un petit cri.

Comme des robots, tous les îlots qui m'entouraient tournèrent la tête. Leurs oreilles dressées et leurs yeux orange étaient tous axés sur moi.

Je détalai comme un lapin.

Ce n'est qu'un peu plus tard que j'entendis le hurlement aigu, voire perçant, d'une personne terrifiée… et il me fallut encore un peu plus de temps pour comprendre que cette personne n'était autre que *moi.*

Tandis que je zigzaguais entre eux, j'étais vaguement consciente que les îlots étaient en train de se mettre en mouvement. Debout. Mobiles. Leurs gestes manquaient certes de rapidité, mais ils étaient énormes. Il allait falloir que je sois deux fois plus rapide que je ne l'avais jamais été pour ne pas me faire écraser.

Partie en flèche sans me retourner, je sentais le sol trembler sous leurs gros pieds. Je les entendais aussi communiquer entre eux en grognant dans une langue à clics, à mi-chemin entre celle de la tortue et du dinosaure.

Après avoir traversé toute la plage en courant sur le sable, je parvins au pied de la falaise. Là, je me mis à grimper en me faufilant le long de la paroi à la façon d'un rat jusqu'à ce que j'arrive à un escalier taillé dans la pierre.

Me sentant enfin en sécurité, je regardai en bas, à bout de souffle.

Oh, oh !

Voilà que tous les îlots couraient… dans la direction opposée ! Ils faisaient trembler la terre et causaient des glissements de terrain.

Et c'était moi qui avais déclenché cette débandade.

–Oups !

–*Je t'ai cherchée partout.*

J'entendis son murmure avant de la voir. Puis je sentis qu'on me tirait sur le bras et finis par réussir à détourner mon regard du chaos qui régnait en bas. En levant les yeux, je retrouvai la fille d'hier. Roussette.

–Pourquoi n'es-tu pas allée au cimetière comme je te l'avais dit ? Et maintenant, tu nous fais *ça* ? Tu ne connais vraiment rien à rien.

Avant que je n'aie eu le temps de répondre, elle m'entraîna en haut de l'escalier de pierre.

–Allez. Partons d'ici avant qu'il ne te trouve.

–Qui ?

–*Grouille-toi*, c'est tout.

Elle me tira sur le bras avec encore plus de vigueur.

–Aïe ! Attends ! Qui…

Je ne pus même pas finir ma phrase. Non seulement parce que Roussette me faisait mal, mais aussi parce que les marches de l'escalier étaient tellement irrégulières qu'il valait mieux que je me concentre si je ne voulais pas me retrouver en bas.

Nous fûmes bientôt au sommet, d'où je découvris la ville pour la première fois.

Elle était immense, bruyante et vibrante. Les bâtiments semblaient normaux, mais ils étaient de toutes les couleurs qu'on puisse imaginer, et même plus encore. Ils étaient aussi empilés les uns sur les autres, jusqu'à de telles hauteurs qu'on n'en voyait pas la cime.

Juste devant nous, se trouvait une colonne de maisons commençant par une bleue. Puis, directement sur son toit en bois, une rose saumon était posée en équilibre précaire. Avec, par-dessus, une petite construction en briques couverte de guirlandes électriques. Celles-ci étaient surmontées de toutes sortes d'autres, souvent disposées de guingois ou dans des angles curieux.

Par les fenêtres, on voyait ce qui se passait à l'intérieur : danse, disputes, ambiances déchaînées… On aurait dit des maisons de poupée.

Roussette m'entraîna ensuite au cœur de la ville, au son des tambours et des trompettes. La musique était partout. Et si forte que je sentais les lignes de basse rouler sous mes pieds et me remonter dans les jambes. Au point d'en chanceler.

– Il y a une fête ou quoi ?

Roussette s'arrêta enfin un moment, et me regarda avec une drôle d'expression, comme si elle avait un peu de mal à croire que j'avais vraiment demandé ça.

– Au Onze, c'est toujours la fête.

Sur ces mots, elle descendit sur son visage un masque argenté et scintillant, ornementé d'arabesques noires, qui lui couvrait les yeux et le nez.

– Mets le tien.

– Mais je n'en ai pas.

Après un soupir, Roussette arracha un bout de tissu aux fanfreluches de son col, puis y dessina la forme d'un masque à l'aide d'un crayon pris à sa ceinture. À mesure qu'elle en traçait le contour, celui-ci se mit à luire d'une légère teinte violette, comme l'avait fait la plaque la veille.

Dès qu'elle eut terminé, un halo de lumière enveloppa et survola le croquis, qui se transforma en un véritable masque grandeur nature. Ce dernier devint alors du même blanc que le tissu, avec les mêmes motifs de dentelle raffinés, particulièrement autour des yeux. Il commença à tomber. Roussette le rattrapa au vol.

– Tiens, dit-elle en me le tendant, accompagné d'un fin lacet qu'elle venait d'arracher au col de sa chemise.

J'étudiai le délicat objet.

– Allez, attache-le ! Nous avons des endroits à voir, et ton masque magique n'a pas une durée de vie éternelle.

– Nous avons des endroits à voir ? répétai-je bêtement.

Après y avoir noué le lacet de mes mains encore tremblantes, je mis enfin le masque sur mon visage.

Roussette m'évalua, puis sembla approuver en silence.

– Tu portes toujours de drôles de vêtements, mais au moins, on ne peut pas te reconnaître. Et maintenant, dépêche-toi !

Elle partit en courant et, après une seconde de réflexion, je lui emboîtai le pas. Elle ne me tirait peut-être plus sur le bras, mais je savais qu'il fallait que je la suive.

L'instant d'après, nous nous faufilions à travers la foule qui grouillait dans les rues. Tout le monde était masqué.

Un homme portait un masque à long nez rouge. Un autre, un masque tout rond qui couvrait tout son visage. D'autres encore portaient des perruques ou divers accessoires et déguisements comme ceux de Roussette.

Plus nous nous enfoncions dans la ville en fête, plus les gens semblaient bizarres, plus ils braillaient des insanités et plus leurs gestes étaient incontrôlés. La musique était tellement forte que mes oreilles en souffraient jusque dans leurs plus minuscules osselets.

– On va où? criai-je à Roussette, consciente que sa réponse n'allait pas changer grand-chose.

Je voulais juste être *ailleurs*. Des murs de gens se resserraient autour de nous. J'étais morte d'angoisse.

Roussette me répondit sans se retourner, mais ses paroles se perdirent dans le brouhaha.

– Quoi ? hurlai-je.

Elle tourna la tête sans s'arrêter de courir.

– Au cimetière, je t'ai dit que...

– Attention ! m'écriai-je, trop tard.

Elle venait de percuter un genre de géant vêtu d'un manteau de velours jaune et d'un haut-de-forme.

– Bonsoir, les enfants.

Roussette pâlit dès qu'elle leva le regard vers lui.

Je n'avais jamais vu quelqu'un de plus grand que lui dans la vie réelle. Ses bras et ses jambes étaient squelettiques. Je distinguais même ses rotules à travers son pantalon.

Comprenant aussitôt de qui il s'agissait, je sentis mes veines se glacer. J'étais pétrifiée.

Le veilleur du Onze.

– V… viens, me chuchota Roussette, mais elle semblait incapable de bouger, elle aussi.

L'homme baissa la tête vers elle avec un sourire méprisant. Ses dents étaient longues, jaunes et fendillées, mais tout de même pas aussi immenses que sur les dessins de Jo. Il n'avait pratiquement pas de lèvres, et son nez épaté était cassé au milieu. Par contre, je ne voyais pas ses yeux derrière son masque. Je trouvais cela d'autant plus terrifiant que, d'après ce que m'avait raconté Jo, il n'en avait probablement pas du tout.

– Pourquoi êtes-vous si pressées ? D'où venez-vous comme ça, mes petites ?

Délaissant Roussette, l'homme se tourna vers moi.

– Je ne pense pas t'avoir jamais vue avant, fit-il, ses minces lèvres retroussées en une parodie de sourire. Pourtant, je connais tout le monde ici.

En s'avançant vers moi, il passa devant Roussette, qui suivait chacun de ses mouvements de ses yeux épouvantés.

Le veilleur se pencha au-dessus de moi. Sa seule proximité semblait faire baisser le volume sonore de la musique et de la fête.

– Comment t'appelles-tu, et pourquoi m'es-tu étrangère ? me souffla-t-il à la figure avec une haleine qui me retourna l'estomac. Les étrangers, on les envoie au mur, tu sais ça ? Les étrangers n'ont rien à faire ici.

Au secours ! avais-je envie de crier à Roussette. Mais les mots restèrent coincés dans ma gorge.

Le veilleur s'apprêtait à me dévorer, et j'étais incapable de courir.

Il tendit la main vers moi pour tenter de m'agripper le poignet. Je réussis à lui échapper, mais un de ses longs ongles courbes me coupa, traçant un C dans la chair de ma paume.

Je grimaçai, mais la douleur me fit oublier ma peur. Puis une main tiède se glissa dans la mienne, et Roussette m'entraîna vers la foule en liesse.

Tassés comme des sardines, les villageois se tenaient par les bras en dansant des rondes endiablées.

Au-dessus de leurs têtes, je voyais sautiller le chapeau du veilleur. Roussette me serra la main plus fort, et m'emmena assez loin pour qu'il soit hors de vue.

Soudain, une grande femme passa son coude sous le mien et m'attira dans une ronde effrénée, ce qui me fit perdre la main de Roussette. Après s'être moquée de l'expression de mon visage, la fêtarde me relâcha d'un coup. Tourbillonnant sur moi-même, et seule.

Revenant à la charge, les murs de gens se rapprochèrent jusqu'à ce que tout ne soit plus qu'une sorte de masse toute floue.

Des farandoles de villageois. Des explosions. Des tambours.

Bousculée dans tous les sens, je n'arrêtais pas de tourner la tête d'un côté puis de l'autre pour tenter de retrouver Roussette.

Ce n'est qu'un rêve.

Mais je ne vis que le veilleur. Et il venait droit sur moi.

Ce n'est qu'un rêve.

–Rose !

Avant que je n'aie eu le temps de comprendre ce qui se passait, Roussette était en train de me forcer à avancer. Nous nous mîmes à courir. Vite. Prenant des raccourcis, sautant des murs, ne nous retournant jamais, jusqu'à ce que nous nous retrouvions sur du sable noir. Une autre plage. Il y avait une île juste en face. Au milieu de celle-ci se trouvait une pile d'immeubles. Entièrement blanche, cette fois. Elle avait l'aspect du marbre et s'élevait si haut dans le ciel que je n'en voyais pas le sommet.

– Qu'est-ce que c'est ? demandai-je, essoufflée, les mains sur les genoux.

– Le cimetière.

À l'aide de sa plaque, Roussette créa un nouveau bateau, sur lequel nous embarquâmes pour nous rendre sur l'île. Une fois de l'autre côté, l'embarcation se désintégra, ne laissant derrière elle qu'une fumée violette.

Je regardai alentour. Nous étions seules. Je poussai un gros soupir quand je compris que le veilleur ne nous suivait sûrement plus.

Plus nous approchions du bâtiment blanc, plus le sol était brûlant. Au point que mon front ruisselait à grande eau.

– Pourquoi fait-il si chaud ?

Le regard que me lança Roussette n'exprimait pas une grande admiration pour mon intellect.

– Parce que c'est un cimetière ?

Tout autour de la construction blanche, il n'y avait qu'une large bande de terre sèche et de sable parsemée de pierres tombales. De loin, on aurait dit que des vagues de nuages verts se déplaçaient à la surface, comme au-dessus d'un lugubre marécage.

Quand nous arrivâmes devant l'immeuble, nous dûmes entrer par une porte si petite qu'on ne pouvait y passer qu'à quatre pattes.

En revanche, une fois à l'intérieur, je fus surprise de découvrir combien l'endroit était immense. Le bâtiment de marbre abritait de petites constructions en pierre ayant chacune un nom sur leur porte, comme dans un quartier résidentiel.

Sauf qu'ici, tout le monde était mort.

Alors que j'observais une maison-tombe en marbre gris à veinures dorées particulièrement jolie, je sentis de la chaleur monter de sous mes pieds.

Je rattrapai Roussette qui venait de sortir de mon champ de vision en tournant au bout d'un couloir.

Elle me guida en silence dans ces longs corridors où les tombes étaient toujours plus volumineuses, et il me sembla que nous nous élevions dans la tour blanche.

Plus nous avancions, plus il faisait sombre. En tâtant les murs pour m'aider à me repérer, je touchai quelque chose de différent du marbre froid, qui me fit marquer un temps d'arrêt. Je plissai les yeux pour mieux voir.

– Des os ?

J'entendis Roussette soupirer devant moi, ce qui me permit de la rejoindre.

– Nous sommes dans les catacombes, m'expliqua-t-elle. Reste bien derrière moi, car c'est une sorte de labyrinthe.

– M… mais… ce sont des os, là, sur les murs ?

Elle se retourna vers moi, sidérée. J'avais du mal à distinguer son visage dans l'obscurité.

– Oh, non. Il n'y a pas d'os *sur* ces murs.

Je soupirai de soulagement… jusqu'à ce qu'elle reprenne :

– Ces murs sont *faits* en os.

Quand je posai de nouveau les yeux dessus, un frisson parcourut mon corps tout entier. Des tas de crânes alignés me fixaient aussi. *Quel horrible endroit !* me dis-je, tout en courant pour ne pas laisser Roussette me distancer.

Nous arrivâmes enfin dans une rangée où les constructions n'étaient pas fermées. Il s'agissait de tombes inoccupées. Attirée par une lueur vacillante, je regardai à l'intérieur de l'une d'elles, et, en levant les yeux, je découvris un oiseau de feu en train de voler en rond.

– Aaaargh !

Ma surprise vira à la frayeur quand je distinguai soudain le visage rose d'un garçon au fond de la tombe.

Roussette arriva enfin.

– Ah, Narcisse ! Je l'ai trouvée. C'est la fille que Jo nous envoie.

Le garçon sortit de son trou. Il mesurait environ une tête de plus que moi et était très, très large d'épaules. Sa stature m'évoquait une sorte de brique géante. Brûlée par le soleil, sa peau tendait vers un joli rose doré. Ses cheveux étaient jaunes. Pas blonds, jaunes. Ou peut-être *paraissaient*-ils jaunes, par contraste avec son teint. Il devait être mon aîné d'un ou deux ans.

– Elle était où ?

Roussette me jeta un regard furieux avant de descendre dans la tombe.

– Sur la plage. Mais ne me demande pas ce qu'elle y faisait depuis des heures, je n'en ai pas la moindre idée.

Je les rejoignis dans la fosse. En fait, la tombe était presque accueillante (si toutefois on peut qualifier d'« accueillante » une grosse boîte constituée d'ossements et destinée à recevoir des morts).

Le sol était couvert d'oreillers, de coussins et de couvertures. Il y en avait de toutes les couleurs, un peu comme dans une piscine à balles.

Après m'être faufilée dans tout ça, je m'assis sur une sorte de gros marshmallow violet.

Quand je relevai les yeux, trois personnes me dévisageaient.

Je tentai de cacher ma surprise en les recomptant.

Roussette.

Narcisse.

Et maintenant, un petit enfant avec des cheveux noirs frisés, une peau très brune et de grands yeux ronds qui faisaient penser à un avocat coupé en deux. Je me dis qu'iel devait être en CE2 ou en CM1.

– Qui es-tu, et d'où viens-tu ? me demanda Yeux d'avocat en m'appuyant sur la poitrine d'un doigt incroyablement long.

– Euh, je m'appelle Rose et je viens d'Arizona.

– Donc, tu n'es pas d'ici, alors ? murmura l'enfant, visiblement enthousiaste.

Roussette opina du chef avec un petit sourire en coin.

–Je viens d'un endroit très lointain, répondis-je en secouant la tête. Enfin, je pense.

Alors qu'ils se regardaient tous les trois en se demandant quelle question ils allaient me poser ensuite, je pris les devants :

–Et vous, vous êtes qui ?

Le garçon-brique se désigna lui-même.

–Je suis Narcisse. Et voici Skep… un vrai petit concentré d'énergie !

–Je suis Skep ! dit l'enfant en me secouant vigoureusement la main.

–Et tu connais déjà Roussette, conclut Narcisse.

Je hochai la tête dans sa direction, ce qu'elle accueillit par des sourcils froncés et un air très sérieux.

–Il est temps de parler affaires, déclara-t-elle. Elle affirme que c'est Jo qui lui a donné sa boule.

Narcisse et Skep échangèrent des regards incrédules.

–Et donc, c'est vrai ? demanda Narcisse.

–C'est celle qui va nous aider ? ajouta Skep.

Ils me dévisageaient tous, l'air beaucoup plus perplexe qu'admiratif.

–Écoutez, leur dis-je. Je vais être honnête avec vous. Jo est ma tante, et elle m'a donné la montre… euh, la boule… mais je ne vous serai sûrement d'aucune utilité. Je ne suis qu'une gamine.

Je trouvais que le rêve serait plus amusant si je décidais de jouer le jeu. De toute façon, j'allais bientôt me réveiller, et je préférais cet endroit au monde réel. D'autant plus qu'il y avait quelque chose qui me turlupinait un peu : l'idée que ce monde puisse être *réel, lui aussi.*

Roussette semblait vraiment troublée.

– Elle nous a dit qu'elle formait une remplaçante et que celle-ci arriverait bientôt. C'est pour ça que nous t'avons cherchée à travers toute l'île.

– Qu'elle formait une remplaçante ?

Je repensai à toutes les histoires que Jo m'avait racontées, à toutes les heures que nous avions passées à peindre et à dessiner. Apparemment, elle me préparait à ce monde et aux étranges pouvoirs qu'y avait le dessin.

– Je pense qu'elle m'a formée, oui. Elle m'a surtout parlé des royaumes.

Les trois se penchèrent vers moi, les yeux encore plus écarquillés qu'avant.

– Je le savais ! Tu peux voler jusqu'aux autres ?

Roussette ayant parlé un peu trop fort, Narcisse la prit par l'épaule et l'attira en arrière.

– Que veux-tu dire par « voler » ? demandai-je.

– Jo était la seule d'entre nous capable de voler au-dessus du mur, expliqua Skep. Chaque royaume est délimité par un mur, tu vois ? Et comme elle pouvait passer au-dessus, elle pouvait aller partout. À l'aide de la boule. Elle nous racontait des contes de fées au sujet de ces endroits.

– Ce ne sont pas des contes de fées, Skep, c'est de l'Histoire, rectifia Narcisse. *Ils* ne veulent juste pas qu'on le sache.

– Qui ça, « ils » ? demandai-je.

Ils se placèrent tous les trois en demi-cercle face à moi, et Roussette baissa la voix.

– Les veilleurs, murmura-t-elle.

Je fus parcourue d'un frisson. Rien qu'entendre leur nom était effrayant. Jo m'avait expliqué qu'ils aimaient voler la magie des autres et qu'il y en avait un différent dans chaque royaume, mais c'était tout ce que je savais. Je n'aimais pas quand elle me racontait des histoires sur eux. Et comme ils me faisaient peur, nous n'en parlions pas très souvent.

– Le veilleur que nous avons ici est horrible, révéla Skep. Il capture les gens et les jette dans le mur.

– Pourquoi ? demandai-je.

– Les murs étant faits de fumée, il faut leur en fournir régulièrement pour qu'ils tiennent debout. Donc, quand on jette quelqu'un dans un mur, il absorbe toute sa fumée.

– Pourquoi personne n'empêche ça ?

– Il y a des gens qui aiment les veilleurs, murmura Skep. Parce qu'ils font respecter l'ordre.

– Et les autres, comme nous, ont trop peur d'être jetés dans le mur, ajouta Roussette.

– Jo nous a parlé des veilleurs des autres royaumes, poursuivit Narcisse. Il y a plus d'un siècle, ils en étaient les souverains.

Je me souvenais de cette partie de l'histoire, celle où il y avait un roi ou une reine pour chacune des douze heures. Au départ, il n'existait pas de séparations entre ces dernières, mais les monarques avaient décidé d'en établir. Jo ne m'avait jamais expliqué pourquoi. Elle disait que je comprendrais quand je serais plus grande.

– Mais comment ces rois et ces reines peuvent-ils être encore en vie ? demandai-je.

–Ils se nourrissent des murs qu'ils ont érigés. Ils vivent de la fumée volée aux autres. Mais ils ont l'air de squelettes, parce qu'ils ne sont ni *véritablement* vivants ni *véritablement* morts.

Je repensai au visage creusé et aux orbites vides du veilleur du Onze. Il ressemblait effectivement à un squelette.

–Les veilleurs maintiennent les murs en vie, afin que les douze royaumes restent séparés.

–Pourquoi ont-ils voulu les séparer ?

Skep se tordit les mains en regardant Narcisse.

–Nous te le dirons à la fin.

–Quand nous serons *sûrs* que nous pouvons te faire confiance, précisa Roussette.

–OK, acquiesçai-je. Mais comment prend-on la fumée de quelqu'un ?

Skep se bloqua le nez et la bouche, puis souffla très fort. Une bouffée de fumée verte lui sortit par chaque oreille.

–C'est facile. Tu vois ?

Cette démonstration faite, ils poursuivirent tous les trois leurs explications dans une certaine agitation.

Apparemment, les murs étaient devenus si puissants que personne ne pouvait les traverser. En fait, respirer près d'eux suffisait pour tomber malade. Et quand on perdait toute sa fumée, on était mort.

–Mais si on inhale trop de fumée, on meurt *aussi*, précisa Skep.

Si quelqu'un faisait quelque chose de très mal, le veilleur du Onze le jetait dans le mur, qui aspirait d'un coup toute la fumée du malheureux.

– Une fois que vous êtes vous-même absorbé par le mur, il faut compter cinq jours, développa Skep d'un ton neutre. Après ça – pouf ! –, votre corps disparaît.

– On peut récupérer la personne avant, alors ? demandai-je.

– Non. Une fois que le mur vous tient, il ne vous lâche plus.

– Mais je croyais vous avoir entendu dire que vous alliez détruire ce mur ? demandai-je en me tournant vers Roussette, qui grimaçait.

– Euh, nous étions censés le faire, mais on ne peut se procurer tout ce dont on a besoin que dans les autres royaumes.

– Pourquoi Jo n'a-t-elle pas détruit tous les murs, alors ? S'il suffit de pouvoir circuler entre les royaumes, elle aurait pu le faire, non ?

– Ce n'est pas aussi simple, dit Narcisse, l'air mal à l'aise. Il faut aussi avoir pris de la fumée *au veilleur* de chaque royaume.

– Comme elle n'avait pas beaucoup de pouvoirs, Jo craignait d'être vaincue par les différents veilleurs, poursuivit Roussette.

– Mais vous pensez que moi, je suis assez forte ?

Ils me regardaient tous comme si je venais de dire un truc complètement idiot.

– Bien sûr. Elle nous a dit que tu avais plus de fumée que n'importe lequel d'entre nous.

– Moi ? Mais je ne m'en suis jamais servie !

Ils se regardèrent une nouvelle fois les uns les autres, l'air encore plus surpris. Après que Narcisse lui eut murmuré quelque chose à l'oreille, Roussette se tourna vers moi.

– Approche-toi, que je voie tes yeux.

Je sentis mes joues chauffer.

– Mes yeux ? Pourquoi ?

– C'est de cette manière qu'on voit la quantité de fumée que détient quelqu'un.

Roussette m'agrippa par les épaules. Elle examina mes yeux de si près que je sentis son souffle sur mon nez.

– Waouh ! fit-elle avant de me relâcher. Elle avait raison.

– Raison ? demandai-je. Comment ça, « raison » ?

Narcisse arracha un petit carré de miroir de sa ceinture et le plaça devant mes yeux.

– On peut mesurer le volume et la puissance de la fumée de quelqu'un au nombre de taches et de petits traits qu'il y a dans ses yeux. Ça, c'est de naissance.

– Les tiens ne sont pratiquement que des taches ! gloussa Skep. Et dire que je pensais en avoir beaucoup !

Iel battit des paupières. De loin, je distinguai quelques points verts dans ses iris.

Je me regardai dans le miroir, ce dont je n'ai jamais raffolé. Je trouve mon visage ennuyeux, et mes yeux n'ont clairement rien d'exceptionnel. En les observant dans la glace, je ne vis d'abord que la banale couleur noisette que je leur avais toujours connue. Mais en insistant un peu, je finis par voir les taches dont ils parlaient.

Mes yeux n'étaient pas limpides comme ceux de Jo. Ils étaient mouchetés de nombreux points marron et verts.

– OK, je distingue quelques couleurs et quelques formes. Et alors ?

– Ça veut dire que tu as de la puissance.

Me tournant vers Narcisse, je remarquai deux grands traits dans ses yeux. Ceux de Roussette étaient emplis de petits points rappelant ses taches de rousseur.

–Peut-être, mais d'où je viens, ça signifie juste qu'ils sont *sales*.

En tout cas, c'était ce que Jeremiah répétait constamment.

Roussette soupira en me pinçant le nez.

–Souffle.

Levant les yeux au ciel, je lui obéis en gardant bien la bouche fermée, comme l'avait fait Skep. Dès que je me mis à souffler fort, je les entendis pousser des cris de stupéfaction.

–Quoi ?

Je me retournai pour regarder. Un nuage de fumée marron descendit sur moi, et je fus prise d'une quinte de toux.

–Beurk ! Qu'est-ce que c'était que ça ?

–Ta fumée.

Je m'efforçai de voir à travers le nuage. Il semblait y en avoir beaucoup. Au moins trois fois plus qu'avec Skep.

–Pourquoi est-elle marron, alors que celle de Skep est verte ?

–Celle de Jo était comme ça aussi. Elle disait que la fumée de tous ceux qui venaient de ton monde était comme ça.

–Mon monde ?

Narcisse hocha la tête.

–Elle l'appelait le Treize.

Je plissai fort les yeux. C'était ridicule. Jo ne m'avait jamais parlé d'une treizième heure.

–Et quels sont les pouvoirs des gens du Treize, alors ? demandai-je.

Je connaissais les pouvoirs des habitants des douze heures grâce à la comptine de Jo. Ils pouvaient se transformer en animaux, flotter, faire naître des objets en les dessinant, créer du feu, développer une force extraordinaire… Toutes sortes de choses incroyables.

– Ceux du Treize sont capables d'aller dans tous les autres royaumes, et de nous sauver, répondit Skep.

– C'est vraiment nul, comme pouvoir, râlai-je à mi-voix.

Quelques secondes plus tard, Roussette, qui avait dû m'entendre, me mit un clou et un morceau de bois dans la main.

– Jo nous a aussi dit que tu pourrais utiliser tous les autres pouvoirs tant que tu serais dans ce monde. Alors, prouve-le-nous en dessinant quelque chose.

Je haussai les épaules. Ça, c'était dans mes cordes, aucun problème.

– Qu'est-ce que je dessine ?

Je repensai à toutes les fois où j'avais posé cette question à Jo.

– Un oiseau.

Je suivis le doigt pointé de Roussette et vis que les ailes de l'oiseau de feu battaient paresseusement, comme si la flamme allait bientôt s'éteindre.

L'animal n'était pas très gros. Il avait une petite tête dotée d'un court bec arrondi et une longue queue qui s'inclinait tandis qu'il volait. Il me faisait penser à un trogon, un oiseau de chez moi qui a un jabot rouge vif, un dos vert et des ailes argentées.

Je m'efforçai de visualiser un trogon. Cet oiseau étant craintif, je n'en avais pas vu souvent, mais sa rareté n'était pas pour me déplaire. Je l'imaginai en plein vol, les plumes de ses ailes déployées, son corps profilé. Je travaillais vite, ainsi que Jo me l'avait toujours demandé. Mais je voulais que ce soit bon aussi. Je tenais à ce qu'ils voient que je savais *vraiment* dessiner.

– OK, terminé, dis-je avant de montrer le morceau de bois aux autres.

Ils me fixaient, le visage figé. J'entendis Roussette déglutir.

– Mais qu'est-ce-qu…

L'objet avait commencé à produire de la fumée marron. Je le laissai tomber, et la partie gravée se retrouva sur le dessus. Je me souvins alors que le bateau de Roussette avait touché le sol de la même façon.

L'énergie brune s'éleva en tourbillons sinueux, puis se matérialisa sous la forme parfaitement reconnaissable d'un oiseau.

Laissant une trace de fumée dans son sillage, il brillait tellement que j'avais du mal à le regarder. Soudain, tout en tournoyant sur lui-même, il partit en flèche à la verticale, comme s'il s'envolait vers la vie. Il était de la même taille que mon dessin.

Bientôt, la teinte marron grisâtre de ce dernier se dissipa, et le bois blanc qui se trouvait dessus apparut.

Au son de castagnettes de ses battements d'ailes en bois, il se dirigea vers son vacillant jumeau de feu.

Les deux oiseaux se percutèrent au centre d'un cercle, ce qui produisit un éclair lumineux. L'instant d'après, celui en bois s'était enflammé et tournait lentement dans la pièce. L'autre avait disparu.

J'arrachai mon regard de la scène pour le poser sur les trois inconnus qui se trouvaient devant moi. Ils me fixaient tous avec une expression que je ne pourrais qualifier que d'« ahurie ».

J'aurais voulu leur demander s'ils s'attendaient à cela, mais je n'arrivais pas à émettre le moindre mot. Je regardai mes mains tremblantes. Je n'avais jamais senti un tel pouvoir auparavant. Et pourtant, cela m'avait paru si naturel.

Ai-je vraiment fait ça ?

– C'était…

Je levai les yeux vers Narcisse, qui avait du mal à trouver ses mots.

– Fantastique ! s'exclama Skep.

Je ne pus m'empêcher de sourire. Très peu de gens m'avaient déjà dit ça.

– Merci.

Avec ces trois-là et Alejandro, je ne suis peut-être pas si seule, après tout.

Puis Skep se tourna vers moi, me regardant avec gravité.

– Nous allons te dire pourquoi il y a des murs, soupira-t-iel en regardant Roussette pour l'inviter à le faire.

– Parce qu'ils veulent qu'on meure, déclara cette dernière.

– Hein ? fis-je. Mais qui veut que vous mouriez ?

– Tout le monde, répondit Roussette. Parce que nous faisons partie des rares à avoir plus d'une sorte de fumée.

– Nos arrière-arrière-grands-parents venaient de royaumes différents et avaient donc des pouvoirs différents, enchaîna Narcisse. Cela effraie les souverains, car nous pouvons tous les trois faire des choses dont personne d'autre n'est capable. Alors, ils pensent qu'un jour, nous les renverserons.

Ils me firent la démonstration de leurs pouvoirs à tour de rôle. Narcisse traça une fleur sur diverses surfaces; quelle que soit la matière dont elles étaient faites, elles s'enflammaient.

Cela signifie qu'il a les pouvoirs du Onze et du Trois en même temps, me dis-je en me souvenant de la comptine de Jo.

Skep pouvait fabriquer des objets indestructibles. Cela me rappela les pouvoirs associés au Quatre: les habitants étaient comme des personnages de dessins animés qu'il était impossible de blesser, comme si leur corps était en caoutchouc. Skep était donc un mélange de Onze et de Quatre.

Puis Roussette me montra de nouveau ce dont elle était capable. Elle pouvait agrandir ou rétrécir les objets qu'elle créait en dessinant. *Elle doit être partiellement originaire du Six.* Là-bas, les gens savent contrôler la taille des choses.

– Ils ont déjà éliminé la plupart de ceux qui avaient plus d'un pouvoir il y a cent ans, expliqua Narcisse. Ensuite, ils ont érigé leurs murs de sorte que plus personne ne naisse comme nous.

– Et vous trois ? Comment êtes-vous nés, alors ?

– En fait, nous sommes nombreux à nous cacher dans la foule sans jamais montrer nos pouvoirs, révéla Narcisse en frémissant. Si on nous trouve, les veilleurs nous jetteront dans le mur.

L'image du mur lézardé, bouillonnant d'énergie – *de fumée* –, s'imposa instantanément à ma mémoire.

Narcisse poursuivit à mi-voix :

– Cela fait des années que certains vivent dissimulés. Ma mère avait deux fumées, mon père en avait une. J'ai hérité d'un peu des deux.

– Comme toi, dit Roussette en me désignant. La fille à la fumée marron.

– Comme Jo, ajouta Skep. Elle devait donc faire attention. Si on n'est pas assez fort pour affronter un veilleur, il ne faut pas se faire repérer.

– Comment vous êtes-vous rencontrés ? demandai-je.

– C'est Jo qui nous a trouvés… et protégés, dit Skep, une lueur d'espoir dans les yeux. Elle disait que tu allais nous aider.

– Tu es le chaînon manquant, Rose d'Arizona, poursuivit Roussette en me prenant par la main et en me faisant rougir par la même occasion. Ensemble, nous sommes assez puissants. Nous allons détruire les murs pour de bon.

– Mais que faut-il que je fasse, exactement ?

– Jo a commencé. Elle a déjà pris de la fumée à cinq veilleurs.

– Lesquels ?

– Regarde la boule. Tu verras les différentes couleurs qu'elle a trouvées.

Je sortis la boule de ma poche. En l'observant de plus près, je constatai que cinq couleurs différentes y tournoyaient : jaune, blanc, violet, rose et noir.

– Dans quels royaumes est-elle allée ? demandai-je.

Après un bref échange de regards perplexes, tous haussèrent les épaules.

–Elle a dit que tu le saurais.

Je soupirai. Apparemment, Jo avait dû me laisser un certain nombre d'indices cryptés que je n'avais pas encore réussi à déchiffrer. J'espérais qu'elle rentrerait bientôt à la maison et pourrait tout m'expliquer.

–Et qu'est-ce qu'il faudra en faire, de cette boule, une fois qu'elle aura toutes les couleurs ? Juste… la jeter dans le mur ?

–Bien sûr que non, sourit Roussette, une lueur malicieuse dans les yeux. Nous devrons l'incorporer à ça.

Elle se précipita vers un coin, et souleva un oreiller coloré sous lequel se trouvait quelque chose de long, qui était emballé dans une enveloppe en cuir. Elle ouvrit alors cette dernière et en tira une épée en or.

Bien que rudimentaire et visiblement forgée par des amateurs, l'arme semblait très robuste.

–Jo nous a expliqué comment la fabriquer. C'est elle qui l'a dessinée, en se basant sur des croquis anciens de l'épée de l'unique roi à avoir lutté contre les autres. Selon la légende, il comptait s'en servir pour détruire les murs. C'est Narcisse qui lui a donné sa forme exacte, grâce à son pouvoir.

–Tu vois, dit Narcisse, tout excité, en désignant un trou de la taille exacte de la montre dans la poignée. La boule entre parfaitement ici. Ainsi, l'épée prendra le pouvoir de la fumée des souverains de tous les royaumes. Rien d'autre n'est suffisamment puissant pour détruire les murs.

–Une fois qu'elle sera prête, nous ferons tomber ces murs pour toujours.

–Donc… nous allons… transpercer un mur ? demandai-je.

Roussette leva les yeux au ciel.

–En fait, je ne suis pas sûre que Jo ait choisi la bonne héroïne.

Elle remballa l'épée en me fusillant du regard, puis la remit sous l'oreiller.

–Vous allez devoir m'apprendre.

Ils hochèrent tous la tête.

–C'est promis, dit Skep.

–Heureusement, parce que…

BOUM ! BOUM ! BOUM !

Le vacarme faisait trembler les murs et le sol, mais j'avais l'impression d'être la seule à m'en apercevoir. Les trois autres me dévisageaient, l'air intrigué.

–Rose ?

–Elle est en train de disparaître, comme Jo quand elle s'en allait !

BOUM ! BOUM ! BOUM !

On aurait dit que les coups dans ma tête se répercutaient dans tout mon corps. Je pouvais à peine bouger, et encore moins parler. Je sentis une main sur mon épaule.

–… que tu reviennes nous voir demain. Nous te trouverons, et ensemble…

La voix de Roussette s'estompait, tandis qu'avec chaque coup, je la distinguais de moins en moins bien.

BOUM ! BOUM…

L'AMI

– ROSE ? TU ES LÀ ?

Les mots tournoyaient dans ma cervelle. Je m'accrochais toujours à mon rêve. Puis je compris que quelqu'un était en train de frapper à la porte de l'église.

Je n'eus que quelques secondes pour me redresser avant qu'elle ne s'ouvre en grinçant et qu'y passe une tête échevelée.

– Rose ? Cool ! J'étais sûr que tu serais encore là.

– Alejandro, coassai-je, la voix encore ensommeillée. Quelle heure est-il ?

S'il était hyper tard, ma mère allait péter un câble.

– C'est bientôt la fin des cours. Je suis passé au déjeuner, mais tu étais encore endormie et je n'ai pas voulu te réveiller. Par contre, je me suis éclipsé un peu avant la dernière sonnerie pour venir te chercher.

Il était venu ici et m'avait vue endormie ? Et j'avais vraiment dormi aussi longtemps ? Le rêve m'avait paru nettement plus court.

– Oh ! Euh, merci.

Je me relevai, pas trop à l'aise, et tapotai mes vêtements. Je sentis la montre dans ma main, et la glissai rapidement dans ma poche de pantalon.

Mais, en baissant le regard pour vérifier que la chaîne était bien rentrée, je remarquai quelque chose d'étrange dans ma paume.

–Bon. Eh bien, je suis content que tu sois réveillée. Et maintenant, il faut que j'y…

–Attends !

Il se retourna d'un coup, surpris, alors que je me précipitais vers lui.

–Oui ?

J'agitai ma main devant son visage. J'avais conscience que je devais avoir un regard de folle.

–Qu'est-ce que c'est ? Est-ce que tu vois ça ?

Il observa bien le creux de ma main.

–Euh… ça ressemble à… à la lettre C. Pourquoi ?

Il y avait effectivement un C gravé dans ma peau, juste là où le veilleur m'avait coupée. La plaie ne saignait pas comme elle l'avait fait au Onze, mais elle était incontestablement là, enflée et rose pâle.

Alejandro me regardait toujours avec méfiance. Je me tournai de nouveau vers lui.

–Qu'est-ce que tu ferais si je te disais…

Je pris une grande respiration.

–… qu'il y a… qu'il existe un autre *univers* où la *magie* est partout ?

Je regrettai aussitôt d'avoir prononcé ces mots. On aurait dit que c'était à moi que je posais la question.

Je m'attendais à ce qu'il éclate de rire ou tente de me convaincre que c'était impossible… mais au lieu de ça, il lança :

– Évidemment que ça existe.

– Hein ?

Alejandro haussa les épaules.

– C'est comme pour l'espace, pas vrai ? Il y a forcément des extraterrestres je ne sais où, sur une autre planète, quelque part. Donc, je pense qu'il y a des réalités différentes, avec de la magie aussi. Dans *Warp Jump 3000*, il y en a même un nombre infini.

Ses paroles me rentraient par une oreille et ressortaient par l'autre. Rien ne restait.

– De quoi parles-tu ?

– De *Warp Jump 3000* ! C'est un jeu sur les réalités alternatives !

Tout excité, il s'assit sur un banc et sortit sa tablette de son sac. Je m'installai à côté de lui.

Il cliqua sur une icône dans une liste interminable d'applications. Le jeu était surtout constitué de bonshommes bâtons et de mots. Un texte défilait sur l'écran : D'INNOMBRABLES UNIVERS NOUS ENTOURENT EN PERMANENCE… VOICI… L'UN D'ENTRE EUX. Ensuite, un trou noir absorba l'image, avant d'être lui-même remplacé par un monde où grouillaient de minuscules bonshommes bâtons avec un bonbon en guise de tête. Je ne comprenais pas très bien quel était le but du jeu ni pourquoi Alejandro l'avait. Cela dit, il semblait l'apprécier, vu qu'il tapotait furieusement sur sa tablette tout en parlant.

– Ça prouve que la magie existe, ça ? lui demandai-je.

– Disons qu'à partir du moment où notre esprit peut concevoir quelque chose, ce quelque chose existe sûrement quelque part. En tout cas, c'est ce que dit le jeu. Ha ! Je t'ai eue, saleté !

Il venait d'écraser une sucette en fuite.

– Alors, par quel moyen peut-on se rendre dans ces mondes parallèles ?

– Je suppose, répondit Alejandro en mettant sa partie sur pause, que s'ils sont dans une autre dimension, on doit pouvoir s'y téléporter, comme dans *Warp Jump*. Ou peut-être qu'on peut y aller grâce au voyage astral. J'ai un jeu de *X-Men* dans lequel Jean Grey se déplace comme ça.

– Tu peux être plus précis ?

– Euh… quand tu te téléportes, tout ton corps se déplace. Genre, tes atomes se volatilisent – pouf ! –, puis ils réapparaissent ailleurs. Par contre, avec le voyage astral, c'est uniquement ton *esprit* qui se rend autre part.

– Donc, juste mon… Comme s'il n'y avait que mon cerveau qui allait dans un autre monde ? Comme un rêve… mais réel ?

– Exactement !

– Mais si j'allais dans un autre monde, par l'esprit seulement, et que j'étais blessée là-bas, est-ce que j'aurais encore une plaie à mon réveil ?

– Mmm, question intéressante, fit Alejandro, tout en passant ses jeux en revue et s'arrêtant sur une icône *X-Men*. Dans ce jeu où on se déplace par voyage astral, si quelqu'un est blessé, disons que ça, euh, que ça s'atténue. Par exemple, si tu te fais poignarder, tu auras mal mais tu ne vas pas mourir.

– Ah bon ? demandai-je tout en frottant le *C* au creux de ma main.

– Bien sûr, à cause de la douleur psychique. Ton cerveau continuera à croire que tu es blessée, et il enverra donc des signaux de douleur à ton système nerveux.

– Est-ce que la zone où j'ai reçu le coup de couteau pourrait enfler, par exemple ? questionnai-je en touchant ma plaie.

– Je suppose que si ton cerveau pense que tu es blessée, il doit pouvoir faire enfler la zone, même si ton corps n'a pas été *véritablement* poignardé.

Je hochai frénétiquement la tête tandis que mon cœur battait à tout rompre. *C'est possible. Ce monde est peut-être réel.*

– Pourquoi tu me demandes ça ? s'enquit Alejandro tout en rangeant sa tablette.

– Oh, euh… j'ai fait un rêve, et ça m'a donné une idée… une idée de jeu.

– Vraiment ? Je peux t'aider ? J'ai toujours rêvé de concevoir un jeu !

Il s'était levé d'un coup et avait l'air authentiquement emballé. Je me sentis presque coupable.

– Bien sûr, oui, bonne idée ! dis-je en ramassant rapidement mes affaires, tout en m'efforçant de contrôler ma respiration et en passant de nouveau mon pouce sur ma paume.

Ce monde est réel. Il est réel.

Nous sortîmes en même temps. Alejandro énumérait tout ce qu'il savait sur les autres mondes, les déformations temporelles et les douleurs fantômes. Moi, je faisais surtout attention à ne pas trop secouer la montre qui se trouvait dans ma poche.

Il y avait tout un monde à l'intérieur.

LA SOIRÉE PYJAMA

Quand ma mère arriva au collège, je me sentis tellement coupable de lui mentir quant à l'endroit où j'avais passé la journée que j'enchaînai aussitôt sur la disparition de Jo.

–Oh, ma chérie, j'ai appris ça. Mais nous allons la retrouver, j'en suis certaine.

Je lui parlai de l'hôpital, de Wes et de Cindy. En revanche, je ne lui dis rien à propos de la montre. Je commençais à comprendre combien les règles de Jo étaient importantes.

Nous habitions maintenant au deuxième étage du Shooting Star, un ancien motel transformé en immeuble d'appartements. C'était nettement plus petit que chez Wes, mais je m'y sentais beaucoup plus chez moi.

La table de la salle à manger grinçait quand on s'appuyait dessus. Ma mère n'avait pas le temps de cuisiner, mais comme elle travaillait dans un restaurant, elle nous rapportait les meilleurs plats de tout l'Arizona. C'était cool : ça me permettait d'avoir des gratins tous les soirs.

D'habitude, j'aimais bien le dîner, parce que c'était le seul moment où je pouvais véritablement parler à quelqu'un. Mais là, je ne pensais qu'à la montre qui pesait dans ma poche. Je mourais d'impatience qu'il soit 23 heures pour pouvoir retrouver mes nouveaux amis.

Mes vrais amis.

Cette pensée me fit plaisir.

–Pourquoi tu souris ? me demanda maman, essayant d'acheter mes aveux avec une frite.

Je levai les yeux au ciel. Il fallait que je sois plus prudente.

–Oh, rien. Enfin… tu sais, le collège, quoi.

–Ah, bon ? Le collège ne te fait pas vraiment sourire, d'habitude. Il s'est passé quelque chose ?

Elle agita ses sourcils.

Je m'efforçai de rester impassible, mais elle savait que ça me faisait toujours rire. On aurait dit qu'un combat de chenilles avait lieu sur son front.

–Pas vraiment, juste une drôle de journée.

–En tout cas, je suis contente que tu prennes la disparition de Jo avec autant de courage.

J'étais consciente qu'elle avait dit ça sans arrière-pensée, mais ces mots me firent quand même mal. *C'est vrai… Le monde de la montre ne devrait pas me rendre si heureuse, je suppose. Jo a disparu. Je devrais être en train de m'inquiéter pour elle.*

Maman dut voir mon visage s'assombrir, car elle me relança :

–Je ne voulais pas dire que tu devrais être triste. Qu'est-ce qu'il y a ? Tu as de nouveaux amis ?

–Non! répondis-je trop vite en pensant à Roussette, Skep et Narcisse.

–Ouh! C'est un garçon, c'est ça?

–*Non!* fis-je encore plus vite, visualisant aussitôt Alejandro.

Je savais que si je le mentionnais, maman allait être tout excitée que j'aie un… euh… *petit* copain. (Elle appelait «petits copains» tous les garçons avec qui j'étais amie. Avant, elle faisait ça avec Jeremiah. C'était tellement humiliant.) Pourquoi ne pouvais-je pas être juste amie avec un garçon, hein? Pourquoi fallait-il toujours que ça signifie autre chose? Pourquoi ne disait-elle pas que mes copines étaient mes «*petites* amies», dans ce cas?

–C'est juste que j'aime vraiment bien ce que nous étudions en cours, c'est tout. On travaille sur les univers parallèles. C'est hyper cool.

–Ah, fit maman d'un ton déçu. J'imagine que c'est bien aussi. J'espérais que tu me dises que tu avais de nouveaux amis.

–Qui a besoin d'amis? demandai-je en trempant une frite un peu trop brutalement dans un tas de ketchup.

Je n'eus même pas besoin de relever les yeux pour savoir que maman arborait son sourire triste. Je détestais cette expression, surtout quand j'en étais responsable.

–Un jour, tu rencontreras quelqu'un qui comprendra combien tu es exceptionnelle.

–Jo trouve que je suis exceptionnelle.

–Peut-être quelqu'un d'un peu plus jeune que Jo, non?

Je soupirai.

–À ta place, je ne retiendrais pas mon souffle en attendant !

Maman éclata de rire.

–Tu vois ? Tu es une fille géniale. Fais-moi juste confiance. Quand tous ces crétins de gamins seront un tout petit peu plus vieux, ils s'apercevront qu'en fait, être différent, c'est quelque chose de fantastique. Après, ils voudront tous te ressembler.

Je ricanai pour moi en imaginant Jeremiah et Fallon, en vestes à capuche écossaises et jeans sales, en train de peindre des mondes fantastiques tarabiscotés dans une église hantée.

Puis je repensai à Alejandro.

À vrai dire, ça ne me semble pas si barré que ça…

Tirée de mes pensées par une vibration, je compris que j'avais reçu un texto. Mon téléphone étant posé à côté de ma mère, elle tendit le cou pour lire le message affiché sur l'écran.

–Oh, ça concerne peut-être Jo. Est-ce que ton père…

Maman se tut et mit sa main sur sa bouche.

Je sentis l'adrénaline monter.

L'avaient-ils retrouvée ?

–Qu'est-ce qu'il y a, maman ? Tu me fais peur.

Tout sourire, elle orienta le téléphone de sorte que je puisse lire.

–Ma merveilleuse Rose, tu es invitée à une *soirée pyjama*… ce soir !

–Hein ?

En lisant le message, je sentis mon estomac se retourner.

Fallon Berg : Slt, Rosmary, stp, pyjama party pr mon annif. Chez moi. ;) Biz

Ça ne ressemblait pas à la Fallon que je connaissais.

Mais est-ce que je la connais encore ?

– Et c'est chez Fallon ! Tu te souviens, quand vous étiez les meilleures amies les plus mignonnes du monde ? Oh, je suis tellement contente que tu l'aies retrouvée ! Je savais bien que ce n'était pas juste à cause des cours que tu étais de bonne humeur. J'en étais sûre. Bon, et maintenant, il faut trouver ton plus joli pyj…

– Attends, maman, l'interrompis-je en me levant d'un coup et en lui arrachant mon téléphone des mains. Je n'irai pas.

Le sourire de ma mère disparut et ses sourcils se froncèrent.

– Quoi ?

– Je… C'est juste que…

Ce ne pouvait être qu'une mauvaise blague. Fallon n'aurait jamais fait de faute à mon nom comme ça. Il était hors de question que j'aille chez elle. Au collège, elle ne me parlait même pas. Et pour couronner le tout, Jeremiah serait là aussi.

– Je ne peux pas, j'ai plein de devoirs.

Sans compter qu'il faut que je retourne au Onze ce soir.

– Un vendredi soir ? Arrête de t'inquiéter autant pour les cours, Rose. S'amuser, c'est tout aussi important.

Maman m'agrippa par les épaules et me frotta les bras. Bien sûr, elle voulait que j'y aille.

La cata ! Et dire que si elle n'avait pas vu ce message, j'aurais pu l'ignorer.

– Mais, maman…

– Il n'y a pas de mais ! Tu te rappelles comme tu as pleuré quand Fallon ne t'a pas invitée à sa fête de rentrée ? Eh bien, aujourd'hui, *elle t'invite* ! Il faut savoir profiter des bonnes choses quand elles se présentent. Allez, maintenant, sérieusement, où est ce pyjama à carreaux ? Je me rappelle l'avoir lavé…

– Je ne connais plus vraiment Fallon. Elle ne peut plus me sentir.

– Attends une minute, Rosemary.

L'entendre utiliser mon prénom complet me fit tiquer.

– Tu fais ça tout le temps : te dénigrer et dire que personne ne t'aime. N'empêche que cette jeune fille vient de t'inviter à son anniversaire. Je sais parfaitement que tu as envie d'avoir des amis. Alors, je ne te laisserai pas ignorer les gens quand ils comprennent enfin que tu es super.

Je soupirai. Je n'allais pas réussir à la convaincre. C'était un *cauchemar*, un vrai de vrai.

– S'il te plaît, maman…

– Non. Pas d'excuse qui tienne. Tu y vas, et puis c'est tout. Tiens…

Maman me glissa son sac de voyage porte-bonheur entre les mains, celui qu'elle n'utilisait que lorsqu'elle avait des examens importants, parce qu'elle n'aimait pas le salir.

– Mets tes vêtements et une brosse à dents là-dedans. On part dans trois minutes pour que je puisse te déposer sur le chemin de mes cours du soir.

Je regardai le sac. Il n'y avait aucune issue possible.

– OK ? demanda-t-elle une nouvelle fois.

Je me contentai de hocher la tête.

Il me tardait qu'il soit 23 heures pour pouvoir m'évader.

Quand nous arrivâmes devant chez Fallon, je me dis qu'il était possible – *sait-on jamais ?* – qu'elle m'ait invitée parce qu'elle en avait envie. Maman en semblait tellement certaine.

– J'étais sûre qu'elle reviendrait vers toi un jour. Elle t'a toujours admirée, tu le sais bien. Tu te rappelles comme tu la faisais rire ?

Mais quand maman gara le dinosaure à roulettes (c'était comme ça que j'appelais sa voiture, car elle était énorme et ancienne, avec plein d'écailles sur la peinture), j'aperçus trois filles en train de ricaner à la fenêtre de la chambre de Fallon. Dès qu'elles me virent les regarder, elles redoublèrent de rire et baissèrent la tête.

Bon, ça va être horrible, me dis-je en ouvrant la lourde portière du dinosaure.

– Christine ! Comment ça va ?

– Martha ! George ! Ça fait des siècles !

Ma mère se précipita vers les parents de Fallon, qui n'étaient pourtant pas ses personnes préférées au monde. Avec ses longs cheveux noirs attachés en un chignon désordonné et ses grands yeux marron maquillés à la va-vite d'un coup de crayon, maman avait l'air d'une sorte de hippie. Les Berg, eux, ressemblaient plutôt aux familles qu'on voit à la télé. Quand Fallon était ma meilleure amie, à l'époque où mes parents divorçaient, j'avais souvent demandé à M. et Mme Berg s'ils voulaient bien être mes parents aussi. En voyant ma mère à côté d'eux maintenant, je me sentais coupable. Elle était la meilleure. Enfin, elle l'aurait été si elle ne m'avait pas forcée à venir ici.

Je me traînai vers eux et écoutai leur conversation.

–… nous avons été surpris d'entendre que Miss Rosemary venait, était en train de dire M. Berg.

–Agréablement surpris ! intervint son épouse en m'adressant un immense sourire.

Je lui rendis son sourire, convaincue qu'aucune de nous deux ne devait avoir l'air sincère.

–Pourquoi tu n'entres pas dire bonjour à tes amies, ma chérie ? fit ma mère en me poussant doucement vers la porte d'entrée.

–D'accord, marmonnai-je.

C'était exactement la dernière chose dont j'avais envie, mais je savais que maman devait de toute façon partir à ses cours du soir. Je ne voulais pas lui causer d'ennuis ou la mettre en retard.

La maison elle-même était exactement telle que je m'en souvenais. J'en connaissais chaque couloir, chaque pièce… et il y en avait pourtant beaucoup. Je m'arrêtai sur le seuil de la chambre de Fallon.

Elle avait bien changé.

Autrefois, elle était rose et couverte de dessins que nous avions faits ensemble, ou d'autocollants de Belle (des *Super Nanas*, notre dessin animé préféré). Maintenant, elle était blanche avec un poster géant de Hyung-Gyun, le rappeur d'un boys band que tout le monde semblait aimer au collège.

Où est passé le rose ? Sa couleur préférée ?

Je percevais faiblement des voix derrière la porte. Je n'avais pas vraiment envie de les espionner, mais c'était comme si un aimant m'attirait.

–Je n'arrive pas à croire qu'elle ait rappliqué aussi vite.

–… toujours dans les mêmes fringues ?

–Ça va être super marrant, et…

J'avançai d'un pas.

–Chut ! J'ai entendu quelque chose.

Ma main se paralysa sur le loquet, et je me mis à sentir les battements de mon cœur dans tout mon corps.

–Y a quelqu'un ? fit une voix depuis l'intérieur.

Je poussai la porte, mais n'eus pas la force de regarder autre chose que la moquette. J'avais aussi peur ici que face au veilleur du Onze.

J'entendis de nouveau des gloussements et des chuchotements.

–Arrêtez ça, vous toutes.

C'était Fallon.

En levant les yeux, je la trouvai effectivement en train de faire non de la tête aux sept autres filles. Elle me regarda à peine une seconde avant de fixer le sol à son tour.

–Rosemary ! chantonna Helene Grossmont. Tu as pu venir !

Nouveaux ricanements. C'était sûrement une bonne blague que je ne pouvais pas comprendre.

–Merci de m'avoir invitée, grommelai-je.

Leurs éclats de rire me firent rougir. Je savais que je n'avais rien fait, mais je me sentais tout de même coupable de quelque chose.

– Arrête de faire ta bizarre et viens t'asseoir, lança une fille.

C'était Samantha Plank. Elle avait des cheveux bruns bouclés et trois piercings aux oreilles. Je ne crois pas qu'elle m'ait jamais appréciée.

Je m'écartai de la porte. Elles étaient toutes assises en rond, mais il n'y avait pas de place pour moi, alors je m'installai juste en dehors du cercle, mon sac encore sur le dos.

Je sus instantanément que ç'allait être une des plus longues nuits de ma vie, mais j'étais piégée.

Si j'essayais de me faire discrète, elles allaient me harceler, mais si je me forçais à jouer le jeu, elles se paieraient ma tête.

La seule personne à ne pas sembler s'intéresser à moi du tout, c'était Fallon. Depuis mon entrée dans la pièce, elle ne m'avait regardée qu'une fois.

J'estimai tout de même plus sûr de ne pas intégrer le cercle.

Toute la soirée, dans ma tête, j'entendis la voix de Jo m'expliquer comment rester en vie face aux monstres. *Moins tu te dévoiles, moins ils en savent.*

Je restai recroquevillée par terre quand toutes les autres s'affalèrent sur le lit et sur le canapé pour regarder un film dans lequel une fille se transformait en sirène.

Avec tout ce que j'avais vu, ça ne me semblait plus si irréaliste que ça.

Ma main se referma sur la montre qui était dans ma poche. Je ne serais plus jamais seule tant que je l'aurais avec moi. C'était comme si un petit morceau de Jo était là aussi. Elle me protégerait.

Au moins, Jeremiah n'est pas là. Sinon, ce serait vraiment…

–Rosie moisie! Mais qu'est-ce que tu fais ici ? Tu n'as pas trouvé de grotte crasseuse où dormir ?

Quand il entra, je ne pus même pas le regarder. Mais d'après tous les rires autour de moi, j'étais sûre qu'il arborait son plus grand sourire.

–Que fais-tu ici, *Jeremiah* ?

–Mmm, je ne sais pas, *Fallon*. Si ça se trouve, je suis *chez moi* le jour de *mon* anniversaire ?

Je levai les yeux. Le film était sur «Pause» et les deux jumeaux se fixaient méchamment, face à face.

–Oui, mais ta fête à toi n'est que demain soir, et il y a une *raison*. Ce soir, c'est *mon* soir.

Jeremiah se tourna vers moi.

–Oui, mais maman a dit que je pouvais aussi traîner avec vous.

Il me fit un signe de la main. Je l'ignorai.

–Et si on jouait à action ou vérité ?! s'écria Samantha.

Tout le monde s'assit en rond par terre. Je restai où j'étais, juste en dehors du cercle.

–Allez, Rosie moi…

Fallon frappa son frère sur la cuisse.

–Je veux dire, Rosemary. Joins-toi à nous.

–Non, merci, ça va.

Je m'attendais à ce qu'il continue à me bassiner, mais, à ma plus grande surprise, il céda et se tourna vers Samantha, qui était à côté de moi.

– OK, d'accord. Bon, Sam, action ou vérité ?

– Euh… fit-elle en regardant tout autour d'elle, un peu nerveuse. Action.

– Fais un bruit de pet avec ton aisselle.

– Quoi ? demanda-t-elle, rougissant déjà alors que les autres se tordaient de rire.

– Allez, vas-y ! Pète un bon coup !

Jeremiah glissa la main sous une de ses aisselles puis agita son coude de haut en bas.

– Je ne sais pas com…

– Allez ! Allez ! Allez ! commença Jeremiah, vite rejoint par presque tout le monde, jusqu'à ce que Samantha cède.

Tous rirent encore plus fort.

Et leur jeu continua ainsi. Des vérités gênantes : « Pour qui tu as le béguin ? » ; « C'était quand, la dernière fois que tu as fait pipi dans ton pantalon ? » ; « Qui est ta meilleure amie ici ? » Et des gages encore plus gênants : « Va dire au père de Fallon que tu l'aimes », « Fais la danse des canards », « Marche à quatre pattes en pleurant comme un bébé »…

En voyant tout ça, je compris que si avoir des amis, c'était vraiment ça, je n'en avais peut-être jamais vraiment voulu. Ils parlaient ou agissaient contre leur gré. Il y avait quelque chose de malsain là-dedans. Comme si quelque mystérieuse entité s'était glissée sous leur peau et les forçait à se soumettre à cela. Tout le monde riait, sauf la personne dont on riait.

Au bout d'un moment, un cercle se forma autour de moi.

– Très bien, Rosie, à ton tour.

Je refusai en grognant.

– Non, merci.

– Ce n'est pas une option, Rosemary, déclara Samantha, les mains sur les hanches. Si tu es ici, tu es obligée de jouer. C'est l'anniversaire de Fallon.

– Je n'ai pas envie, dis-je d'une voix aussi faible que je l'aurais voulue puissante.

– Allez, Rosie !

– Allez ! Allez ! Allez !

Mon cœur s'emballa. Ils ne me lâchaient pas.

– C'est bon, intervint Fallon. Je m'en fiche, de toute façon. À qui le tour, maintenant ?

Je soupirai, soulagée. La Fallon que je connaissais était toujours là, quelque part. J'aurais voulu lui sourire pour la remercier, mais nos regards ne se croisèrent pas une fois.

– Bon, fit Jeremiah. Samantha, action ou vérité ?

– Vérité, répondit-elle rapidement.

– Qui est la plus grosse nulle dans cette pièce ?

– Rosemary.

Gloussements.

– Helene, action ou vérité ?

– Vérité.

– Qui porte les fringues les plus moches ?

– Rosemary.

– Justine, qu'est-ce qu'il y a de pire chez Rosemary ?

Il continua en posant cette question à tout le monde, et les réponses se mirent à tomber, toujours plus vite.

–Elle est tellement coincée qu'elle fait flipper tout le monde.

–Elle se croit plus maline que les autres.

–Sa mère, c'est vraiment la honte.

Puis Jeremiah s'interrogea lui-même.

–Mmm, Jeremiah ? Action ou vérité ? Vérité.

Tous éclatèrent de rire, et il poursuivit :

–Qui n'a rien à faire ici ?

Sept des filles (toutes sauf Fallon) s'écrièrent « Rosemary ! »

Bien que j'aie déjà dit bien pire à mon propre sujet, entendre tout cela de la part d'autrui était beaucoup plus blessant. Et ça faisait encore plus mal, parce que tout le monde l'entendait.

Fallon l'entendait.

–Fallon, action ou vérité ?

–C'est un jeu idiot. Si on jouait à autre chose ?

–Non, non, action ou vérité ?

–Bon, *action*.

–OK, fit Jeremiah, qui s'était totalement approprié le jeu.

Il se tourna vers moi avec un grand rictus. J'avais envie de partir en courant, mais je n'avais nulle part où aller.

–Explique à Rosemary pourquoi vous n'êtes plus amies.

–Je t'ai déjà dit que c'était un jeu idiot ! lui cria Fallon en se levant brusquement.

–Oh, moi, je peux répondre ! s'écria Samantha, la main levée. C'est parce que Rosemary était obsédée par elle, pas vrai ?

Mon cœur battait de plus en plus vite. Je ne pouvais même plus parler. *C'est un vrai cauchemar.*

–Rosemary s'est mise au dessin parce que Fallon était douée pour ça.

Ce n'est pas vrai.

–Et elle la suivait partout.

Nous étions meilleures amies !

–J'ai entendu dire qu'elle avait pleuré en apprenant qu'elle n'était pas invitée à sa fête de rentrée.

–Elle se faisait une queue-de-cheval parce que Fallon en portait une.

–Il paraît qu'elle lui a dit qu'elle l'*aimait*.

C'était vrai.

C'est vrai.

Ils parlaient à toute vitesse, tout excités de dire exactement les choses qui me blessaient le plus.

–Si vous n'arrêtez pas de vous moquer, je m'en vais ! les interrompit Fallon, écarlate. C'est mon anniversaire, et je veux juste m'amuser. Je savais que vous alliez faire ça. C'est pour ça que je ne voulais pas l'inviter.

D'une certaine façon, c'était la plus dure remarque que j'aie entendue de la soirée. Les larmes me montèrent aux yeux.

Il faut que je sorte d'ici. Pourquoi est-ce que je suis là, de toute façon ?

Tout le monde se contenta de glousser en essayant de calmer Fallon avec des « C'est bon, ça va » ou des « C'est juste pour rigoler ».

Fallon finit par se rasseoir.

– Si tu ne l'as pas invitée, qui l'a fait, dans ce cas ? demanda Jeremiah, les sourcils froncés.

– Moi, avoua Samantha avec un grand sourire. C'était juste une blague. Je n'arrive pas à croire que tu sois vraiment venue.

Elle me fixait, mais je refusais de lui rendre son regard.

– Tu peux rentrer chez toi quand tu veux, tu sais.

Non, je ne peux pas. Ma mère va rentrer tard de ses cours du soir.

– D'accord, d'accord, d'accord… ça suffit, intervint Jeremiah, debout entre les filles. Désolé, Rosie. C'était censé être drôle. Nous ne voulions pas ça.

– Non, ce n'est pas ce que nous voulions, confirmèrent quelques voix.

– Et je te promets que nous te ficherons la paix pour toujours si tu joues le jeu juste une fois.

Il se pencha vers moi. Je me sentais totalement vulnérable. J'étais épuisée et j'avais envie de pleurer.

– Action ou vérité ?

Je savais que je ne devrais pas répondre, mais j'espérais qu'en le faisant quand même, tout ça finirait peut-être enfin.

– Vérité.

Il s'accroupit face à moi et me regarda droit dans les yeux.

– Est-ce que c'est vrai que tu aimes bien ma sœur ?

– Jeremiah ! s'écria Fallon. Arrête ça !

Il y eut des cris aigus et des rires en réponse. Mais cette fois, c'en était trop. Je n'en pouvais plus.

Je me levai et me précipitai vers la porte, passant devant M. Berg, qui s'apprêtait à frapper.

–Doucement, les enfants, c'est… Oh ! Rosemary, où vas-t…

Mais j'étais partie. Je courus dans les couloirs et dévalai l'escalier jusqu'au sous-sol. La pièce regorgeait de vieux meubles et de jeux. Autrefois, c'était *là* que nous dormions les soirs de fête.

Fallon saurait où j'étais, mais peut-être pas les autres. Peut-être qu'ils allaient enfin me laisser tranquille.

Je m'étendis sur un vieux canapé à fleurs qui grinçait quand je bougeais. Des larmes me coulaient sur les joues. Je ne pouvais plus les arrêter.

Je voudrais rentrer chez moi. Je voudrais tellement rentrer chez moi.

Mais même si ma mère n'avait pas été à ses cours du soir, je n'aurais pas voulu qu'elle sache que j'avais échoué.

Entre la disparition de Jo et cette soirée catastrophique, c'était le pire jour de ma vie.

Puis je sentis quelque chose de chaud dans ma poche. J'y plongeai la main et en ressortis la montre.

Soudain tout excitée, j'appuyai sur le bouton-poussoir pour l'ouvrir. Il était déjà plus de 22 heures. Il ne me restait même pas une heure à attendre avant de retrouver mes nouveaux amis.

Je regardai les aiguilles, m'assoupissant un peu plus à chaque tour, en oubliant cette soirée, Jeremiah, Fallon…

Plus rien de tout ça ne comptait. Rien n'était comparable au monde de la montre.

–Est-ce que c'est vrai que tu aimes bien ma sœur ?

Les paroles de Jeremiah flottaient encore dans ma tête quand tout se mua en brouillard ensommeillé.

Plus maintenant, avais-je eu envie de dire.

À la seconde où l'aiguille atteignit le 11 du cadran, je repoussai ces pensées désagréables. Je me concentrai sur le cimetière et la pureté blanche des catacombes.

Des fantômes de murmures, de bruits de pas et de petits rires virevoltaient autour de moi, mais je dormais déjà.

LE ONZE

CETTE FOIS, JE ME RÉVEILLAI JUSTE DEVANT LE CIMETIÈRE. Derrière moi, les imposants cubes de marbre blanc des catacombes me cachaient au reste de la ville. Au reste du Onze.

Peut-être suffit-il que j'imagine un endroit précis pour y arriver ? me dis-je tout en clignant des yeux.

– Tu es vraiment venue ! Nous t'avons attendue à tour de rôle pour être sûrs que personne ne te trouve avant nous !

Étendue dans la poussière, avec mon mal de tête et mes yeux gonflés, j'avais du mal à distinguer le grand garçon au teint rose qui était penché au-dessus de moi.

– Excellent tour de magie, mon amie, me dit Narcisse.

Il me tendit un bras musclé ; je pris sa main, et il me releva comme si je n'étais qu'une petite poupée.

– De quoi parles-tu ?

– Juste – *plop !* – surgir de nulle part comme ça ! Comment appelles-tu ça ? Un plop ? Un zap ? Un kablam ?

– Je pense qu'on parle plutôt de voyage astral.

Ou peut-être de téléportation, me dis-je en me rappelant les paroles d'Alejandro.

Narcisse se tut, l'air légèrement déçu.

– Mouais, grommela-t-il. Il va falloir réfléchir à un meilleur nom.

Tandis que nous marchions, je me souvins peu à peu de tous les événements de la nuit.

Je me demande ce qui se passe chez Fallon. M'ont-ils trouvée ? Penser à tout ça m'angoissait. *Eh ben ! Ma vie est devenue vraiment* bizarre *cette semaine.*

Narcisse était si grand et large d'épaules que lorsque je marchais derrière lui, j'étais entièrement à l'ombre.

Je le suivais, pataugeant dans une sorte de boue marécageuse couverte d'une substance visqueuse verte. Cette vase épaisse et liquide était aussi beaucoup plus profonde que je ne l'aurais cru. Je m'y enfonçai jusqu'à mi-mollet dès le premier pas.

– J'ai un peu de mal à avancer, criai-je à Narcisse qui, lui, progressait sans problème.

Il se retourna vers moi juste au moment où mon pas lourd faisait remonter des algues à la surface.

– Attends ! m'interrompit-il en avançant bruyamment vers moi et en désignant la substance verte. Stop ! Fais attention aux grops.

– Qu'est-ce que…

Puis je les vis. Ce n'étaient pas du tout des algues. Les petites boules visqueuses étaient en réalité de minuscules créatures boursouflées et spongieuses qui fuyaient à toute vitesse devant mes pas en sautillant. En fait, ce que j'avais pris pour des vaguelettes, c'étaient ces « grops » vert vif qui s'écartaient de mon chemin, nuée après nuée.

Quand nous repartîmes, je prêtai beaucoup plus attention à la vase. Je fis tout mon possible pour marcher dans les pas de Narcisse et ne pas piétiner des animaux sans défense.

Cet endroit est tellement plus beau que le monde réel, me dis-je. Même avec tous ces monstres, tout y était magique et fascinant. *Si ça se trouve, je ne retournerai plus jamais dans le vrai monde. Mon vrai chez-moi, c'est peut-être ici.* Cette idée m'était venue toute seule, comme si Jo me l'avait murmurée à l'oreille.

– Oh, oh ! fit Narcisse en s'arrêtant d'un coup et en faisant apparaître le collier que sa chemise cachait jusqu'alors.

– Que se passe-t-il ?

Il avait les yeux rivés sur la chaîne pendue à son cou. Trois ampoules y étaient attachées : une remplie de fumée violette, une autre de fumée verte, et la dernière de fumée marron. La violette était illuminée. Il l'éloigna de son torse en grimaçant, car elle le brûlait.

– C'est Roussette. Il faut y aller.

– Qu'est-ce que tu veux dire ?

– C'est sa fumée, et ça ne s'allume que lorsqu'elle en utilise une grande quantité d'un seul coup, répondit-il en me lançant un petit masque marron tiré de sa poche. Vite, mets ça. Nous entrons dans la ville.

– Où est-elle ?

Sans prendre la peine de me répondre, il se couvrit le visage d'un masque vert, et partit comme une fusée. Je m'élançai alors derrière lui, obligée de faire travailler mes courtes jambes deux fois plus que les siennes.

Après avoir traversé le cimetière, nous arrivâmes en ville, où les festivités battaient encore leur plein, ce qui nous permettait d'y circuler en courant sans trop attirer l'attention.

– Regardez-moi cette mignonne petite chose ! lança une femme en m'attrapant la main pour m'entraîner dans sa danse.

Heureusement, Narcisse m'arracha à elle.

– On n'a pas le temps ! La fumée devient de plus en plus chaude !

Sans cesser de courir, il monta un escalier métallique jusqu'au sommet. Je le suivis, à bout de souffle.

Alors que nous foncions sur le toit, mon pied glissa et Narcisse me rattrapa de justesse. Je regardai en bas. La chute aurait été longue.

Nous reprîmes aussitôt notre course, puis descendîmes une échelle de secours avant de remonter sur un autre bâtiment.

Le but était d'éviter la fête. En regardant en bas, je vis les gardes qui patrouillaient dans les rues. Ils portaient des tenues du même velours jaune que le veilleur, mais sans être aussi grands, maigres ou effrayants que lui. Cependant, ils étaient armés de grands bâtons se terminant par des lames tranchantes et pointues.

Je me dis alors que nous étions mieux sur nos hauteurs qu'à côté d'eux.

Nous n'arrêtâmes pas de courir avant d'avoir atteint les falaises donnant sur le bourbier. Une fois arrivés, nous vîmes tout de suite où nous devions aller.

Un groupe de gens s'était formé sur la rive. J'entendais le brouhaha de leurs conversations.

– Aïe, aïe, aïe, fut tout ce que Narcisse marmonna avant de se lancer dans une rapide descente de la façade de la falaise.

Le voyant glisser et sauter d'une aspérité à l'autre tel un chamois, je suivis le même chemin, mais beaucoup plus maladroitement. J'étais épuisée et complètement essoufflée. Je ne faisais jamais trop d'efforts en cours de sport.

Au moment où j'atteignis la plage, Narcisse était déjà loin devant, et la foule était de plus en plus bruyante.

– Narcisse ! criai-je, ne pensant même pas qu'il pourrait m'entendre.

Je me faufilai entre les gigantesques îlots endormis. À mesure que j'approchais de la foule, qui grossissait chaque seconde, je commençai à distinguer des bribes de ce que disaient les badauds.

– … juste apparu !

– … l'air agressif.

– Il est dangereux ?

– … le veilleur est en route.

Ce dernier commentaire me fit l'effet d'un coup de poing dans le ventre. *Le veilleur ? Ici ?*

Quand Roussette avait parlé de disparition subite, ça m'avait glacé le sang. Je n'avais aucune envie qu'il arrive une chose aussi terrible à mes nouveaux amis.

J'essayai de discerner ce que disait chaque personne.

– Il paraît qu'ils ont une magie *différente*.

– Mais comment ? Mais les gens comme ça n'existent plus, si ?

Oh, non.

La panique s'empara de moi. Quelqu'un avait dû trouver Roussette.

Alors que je me faufilais dans la foule, je me cognai contre un large dos.

Tout en me frottant la tête, je levai les yeux, redoutant plus ou moins de voir le veilleur. Mais en fait, je vis Narcisse, les yeux écarquillés.

Et, au beau milieu de l'attroupement, se tenait l'individu que je m'attendais le moins à retrouver ici.

–Jeremiah ?

Il était vêtu d'un tee-shirt ample et d'un pantalon souple. *Un pyjama ?!*

–Tu connais cette… *chose* ?

La question provenait d'un grand bonhomme au ventre rond qui maintenait Jeremiah à genoux par terre, les mains dans le dos. Ce dernier leva les yeux vers moi en grimaçant. La perplexité et la colère se mêlèrent sur son visage.

–Rosemary ? Je rêve de *Rosemary* ? Argh !

Entre deux respirations lourdes et fatiguées, il cracha par terre.

Waouh ! Jeremiah me reconnaît même avec un masque. Mes harceleurs du collège sont équipés d'un radar spécial pour me repérer, ou quoi ?

–Alors, tu le connais ? s'énerva le bonhomme.

Je reculai d'un pas. J'étais aussi incapable de parler que de quitter Jeremiah des yeux.

Mais comment se peut-il qu'il soit ici ? À moins que…

Puis je remarquai le petit filet d'énergie qui s'échappait de la poche gauche de son pantalon de pyjama.

La chaîne de la montre.

Je palpai ma propre poche, là où la montre aurait dû se trouver, mais elle était vide. Mon cœur s'emballa.

Oh, non! Me l'avait-il volée pendant la soirée d'anniversaire?

La simple idée qu'il ait pu la prendre, poser un seul doigt dessus, me rendit folle de colère. C'était à moi que Jo l'avait laissée. C'était à moi qu'elle avait fait confiance.

–Saisissez-la aussi.

Une femme vêtue d'un long manteau tenta de m'agripper par le bras, mais Narcisse lui barra la route, faisant semblant de chercher quelque chose dans le ciel, une main en visière au-dessus des yeux. L'ampoule verte de son collier commença, à son tour, à émettre une faible lueur.

–Je… ne suis… pas amie avec lui, je le jure, bafouillai-je en m'éloignant des villageois qui s'approchaient.

Même les mains dans le dos, Jeremiah trouva moyen de ricaner:

–*Ça*, c'est sûr.

Cette confirmation sembla calmer un peu mes agresseurs, qui ne s'écartèrent pas de moi pour autant. Je lançai un regard à Narcisse. Il veillait sur moi du coin de l'œil. Tendu, un de ses biceps ronds tressaillait.

–Qui est-ce, alors?

–Il est apparu d'un coup sur la plage!

–Je l'ai vu troubler l'ordre public!

–*Qui est-ce?*

Tout le monde me dévisageait. Cette foule silencieuse, qui grossissait en attendant quelque chose de moi.

– C'est… hum… euh… je ne sais pas, finis-je par dire en réussissant enfin à décoller mon regard de la silhouette recroquevillée de Jeremiah.

Un murmure traversa la foule. J'espérais juste que ces gens me croiraient. Même si Jeremiah était vraiment là, il allait se réveiller, et tout irait bien pour lui. Mais si je faisais repérer Narcisse, Skep ou Roussette, ils auraient des problèmes beaucoup plus importants. Il fallait seulement tenir le coup jusqu'à ce que l'un d'entre nous se réveille. Si cela restait toutefois possible dans mon cas…

Est-ce que je peux rentrer chez moi sans la montre ?

Ce moment d'angoisse fut interrompu par Jeremiah.

– Pourquoi est-ce que je rêverais de *toi* ? Sérieusement ? Je suis allé au lit pour m'éloigner de toute votre bande d'idiotes.

Même au sol, il me fusillait du regard. Même ici, il était imbuvable.

– Pourtant, on dirait qu'il te connaît, non ?

Rien qu'au son de la voix qui venait de prononcer ces mots, j'eus la chair de poule, et des frissons remontèrent tout le long de ma colonne vertébrale. C'était lui. Le veilleur.

– Beurk ! Il est encore plus moisi que Rosie, celui-là !

Je profitai de cette diversion pour reculer à petits pas. Le veilleur se précipita vers Jeremiah, qui sembla un instant effrayé, mais ne tarda pas à se ressaisir.

– Tu ne me fais pas peur. Tu m'entends ? C'est *mon* rêve.

La tête du veilleur pivota vers moi, sans changer d'expression du tout.

– Un rêve, c'est bien ça ? fit-il en se retournant vers Jeremiah. Tu n'es pas d'ici, toi. Si ?

Jusque-là, la foule était restée silencieuse, mais un léger murmure s'éleva quand Jeremiah reprit la parole :

– De cet endroit stupide ? Non, non. Je viens du monde réel.

– Intéressant, intéressant, intéressant…

Le veilleur s'avança vers moi. Ses genoux et ses coudes protubérants faisaient penser à des pattes d'oiseau. Je m'éloignai de lui, le cœur battant à cent à l'heure.

Réveille-toi.

Il se pencha au-dessus de moi, planta son regard dans le mien et poussa un affreux râle.

L'avertissement de Jo résonna dans ma tête.

– *Tout ce que tu entends, c'est un long râle de mort, puis il est trop tard.*

– On n'est pas censé arriver ici depuis d'*autres mondes*, siffla le veilleur.

Le brouhaha s'intensifia.

Il tendit soudain sa main décharnée vers moi, mais je continuai à reculer.

Il ne me suivit pas. Il se retourna vers Jeremiah, qui s'était mis à hurler :

– Laissez-moi partir, bande de tarés !

– Merci. Je vais emmener ce garçon, maintenant.

Le veilleur lui prit alors les mains et les maintint solidement. Pâle comme un linge, Jeremiah se débattait pour tenter de dégager ses bras.

– Aïe ! J'ai dit *laissez-moi partir !*

Mais il n'était pas de taille face au veilleur, qui le hissa sur son épaule et salua la foule.

–Merci beaucoup à tous pour votre participation. Le mur sera alimenté aujourd'hui.

Les gens le saluèrent à leur tour par une nuée de mains levées, tandis que certains ajustaient leur masque pour s'assurer qu'ils le portaient encore.

Le veilleur me fixa encore en souriant de toutes ses longues dents jaunes et cariées. Puis il partit en emmenant Jeremiah.

Un petit sentiment de satisfaction malsaine me traversa quand je vis Jeremiah donner des coups de pied et pousser des cris, incapable d'échapper à l'emprise du veilleur qui l'emportait dans la montagne.

Puis, Narcisse se pencha à mon oreille et murmura:

–Trouve une idée, vite. Il faut le sauver.

Bah, laisse-le donc au veilleur, eus-je d'abord envie de lui répondre.

Il allait sûrement se réveiller demain matin, en plein cauchemar bien mérité.

Mais, s'il ne se réveille pas? Et si le veilleur le tue?

Je levai les yeux vers Narcisse, me sentant impuissante. Il ne me regarda pas. Il se contenta de grimacer, le poing serré autour de l'ampoule violette.

Puis il m'observa avec un demi-sourire.

–Laisse tomber. Je crois qu'ils ont entendu.

Avant même que j'aie fini d'y réfléchir, j'entendis hurler. En me retournant, je vis une grosse boule lumineuse verte tomber du ciel. Alors que celle-ci approchait, je reconnus celui qui était recroquevillé à l'intérieur.

– Skep !

Je faillis courir dans sa direction, mais Narcisse me retint.

– Attends.

Dans sa bulle d'énergie lumineuse, Skep était en train de descendre en douceur dans la direction du veilleur, ou plutôt dans celle de la falaise située juste derrière. Le veilleur s'arrêta pour regarder, tandis que Jeremiah continuait à se débattre et à crier sur son épaule.

– Maintenant !

Je n'entendais pas bien Skep, mais je pouvais distinguer la forme de sa bouche et percevoir un peu le son étouffé de sa voix quand iel tendit le doigt et ferma les yeux.

Peu avant qu'iel ne touche le sol, je vis une forme de couleur bronze s'élever. On aurait dit un grand oiseau avec de larges ailes pointues luisant sous le soleil.

En tout cas, il en jaillit une flèche, enveloppée d'une lueur violette.

Ce doit être Roussette.

Tandis qu'elle s'élevait dans les airs, elle se mit à grossir, et sa lueur se dissipa.

À ce stade, les badauds avaient déjà fui vers la ville, mais le veilleur était encore au pied de la falaise.

Boum !

La flèche géante, de la taille d'un poteau électrique, percuta le bouclier de Skep, projetant la bulle vers la falaise. Un puissant craquement retentit au moment où Skep heurta le rocher, puis la paroi commença à s'ébouler. De gros rochers se mirent à tomber, pile au-dessus de Jeremiah et du veilleur.

– Il faut sortir Skep de là, murmurai-je.

– Iel va se débrouiller, répondit Narcisse.

Incapable de bouger, je regardais le nuage de poussière se déposer sur le sol quand j'entendis tousser. Puis je vis qu'une forme se tenait au milieu.

C'était Jeremiah, les yeux écarquillés et les cheveux en bataille. Il avait l'air d'un oisillon tombé du nid.

Normalement, j'aurais éclaté de rire, mais une autre silhouette apparut juste à côté de lui. Le cou du veilleur était plié dans un drôle d'angle, comme s'il était cassé, et son pied gauche était tourné dans le mauvais sens.

Crac ! Il remit son cou en place d'un simple mouvement de la tête.

Blam ! Et il redressa son pied en le frappant contre le rocher.

Puis de la fumée bleue sortit en sifflant de sa bouche.

Il n'est pas vraiment vivant, si ? Personne ne peut tuer ce monstre vieux de cent ans.

– Jeremiah ! Cours ! hurlai-je.

En entendant cela, Jeremiah fit un premier pas, mais le veilleur le rattrapa aussitôt, et gronda de sa profonde voix basse et gutturale :

– Le mur a faim.

Avant qu'ils n'aient pu partir, le grand oiseau de bronze descendit en piqué et s'écrasa contre le veilleur.

Roussette sauta de sa monture, qui se volatilisa dans un nuage de fumée violette.

– Allez, allez, allez !

Transportant Skep dans ses bras, Roussette se mit à courir, suivie de près par Narcisse, Jeremiah et moi.

– C'est tellement étrange ! lança Jeremiah.

– Contente-toi de faire ce que je dis, OK ? répondis-je sans m'arrêter.

Mais dès que nous arrivâmes sur la rive, nous vîmes que l'accès à la ville était bloqué par toute une rangée de soldats pointant leurs baïonnettes vers nous.

Nous étions coincés.

– Le pire cauchemar de toute ma vie ! pleurnicha Jeremiah.

Pendant ce temps, Roussette confia Skep à Narcisse, puis saisit un morceau de plaque blanche à sa ceinture. Elle y grava rapidement quelque chose.

Jeremiah poussa un cri de surprise en voyant la lumière colorée émaner du centre de la plaque. Peu après, un petit bateau aux contours violets apparut et se mit à grossir, jusqu'à devenir un véritable vaisseau entièrement blanc.

– On y va ! lança Narcisse en me poussant tellement fort dans le dos que je faillis tomber.

Nous nous précipitâmes à bord, et le bateau s'élança en rebondissant sur la surface du bourbier.

En me retournant, je vis qu'une horde de gardes transportait quelque chose de gros et de sombre, mais je ne réussis pas à distinguer ce que c'était ; notre embarcation tanguait trop. J'avais peur que nous tombions dans l'eau bouillante.

– Arrête ça ! s'écria Roussette. Mais à quoi tu joues, bon sang ?

Je découvris alors qu'elle était en train d'essayer d'empêcher Jeremiah de sauter du bateau.

–Tu vas tous nous faire tuer !

–Il faut que je me réveille ! lui rétorqua-t-il en hurlant. Lâche-moi !

–Stop ! hurlai-je à mon tour, en entraînant Jeremiah à l'autre bout du bateau. Je peux t'expliquer ! Cet endroit n'est pas un rêve, Jeremiah. Il est réel.

–Oui, c'est ça, fit-il en levant les yeux au ciel et en retournant vers le bord.

–C'est la vérité, insistai-je en le tirant vers moi. Tu m'as pris ma montre, non ?

Jeremiah fit volte-face.

–C'est ça, le problème ? Je rêve de toi parce que je me sens coupable, c'est bien ça ? Écoute, contrairement aux autres, je ne t'ai même pas dessiné sur le visage. J'ai vu la montre par terre et, bon, voilà, c'était chez moi ! Qui trouve garde !

Il essaya une nouvelle fois de se dégager, mais je le rattrapai par le bras.

–Arrête-toi et écoute-moi bien, dis-je très fermement.

Je n'avais jamais été aussi courageuse dans le vrai monde, mais ici, le tenant à ma merci à côté du bourbier brûlant, je me sentais très puissante.

Je me permis donc de lui pincer la joue avec mes ongles. Fort.

–Aïe ! Mais t'es folle ou quoi ?

–Tu ressens la douleur dans tes rêves, d'habitude ?

Ses yeux s'écarquillèrent, et il se mit à bégayer :

–N… non… m… mais… argh ! fit-il en me repoussant, filant vers le milieu du bateau et se laissant tomber sur le pont. C'est complètement stupide !

Je m'accroupis à côté de lui.

–Je sais que tu ne me crois pas, mais fais-moi confiance, s'il te plaît.

–Pourquoi ferais-je ça ? grogna-t-il.

–Parce que c'est *vrai* que je ne t'aime pas du tout, mais j'essaie quand même de t'aider.

Son regard s'adoucit un peu, et il s'apprêtait à dire quelque chose quand la puissante voix de Narcisse nous interrompit.

–Combien de temps le bateau peut-il encore tenir, Roussette ? demanda Narcisse, assis sur le pont avec Skep, qui avait les yeux mi-clos.

–Je pense pouvoir le pousser un peu plus loin, répondit Roussette tout en restant concentrée sur la barre.

Dans la pénombre brouillardeuse, je distinguai les reflets violets des ampoules que Narcisse et Skep portaient au cou – leurs colliers de fumée.

Puis je remarquai autre chose.

–Il faut que nous atteignions le cimetière avant qu'ils ne comprennent où on va, poursuivit Roussette.

–On n'y arrivera jamais, répondit Narcisse.

–Eh, oh, tout le monde ? tentai-je de les interrompre, en leur montrant la silhouette sombre qui grossissait derrière nous.

Mais ils m'ignorèrent.

–Que sommes-nous censés faire, alors ? Il va y avoir des gardes d'un bout à l'autre de la plage !

–Je crois que c'est..., insistai-je, le doigt tendu.

–Si nous nous faisons prendre par les soldats, cria Roussette, nous serons jetés dans le mur tous les cinq !

– Le veilleur ! criai-je assez fort pour que tout le monde m'entende.

Tous se turent enfin, et suivirent la direction de mon doigt tendu vers le brouillard.

À peine visible, au loin, se trouvait un énorme vaisseau noir comme l'ébène. Il était porté en l'air par des rangées et des rangées de flamboyantes attachées par des cordes à la coque.

Comme dans les histoires de Jo. Comme sur mes tableaux ! Sauf que ces flamboyantes n'étaient pas enflammées, et que leurs ailes noires battaient à un rythme effréné.

Le veilleur se tenait à la proue du vaisseau.

– Qu'est-ce qu'on fait ? lançai-je.

Soudain, je me sentis étourdie, et mes oreilles se mirent à bourdonner à plein régime. Je n'entendais plus ce que les autres me criaient.

Mais le ciel s'éclaircissait. Je voyais à travers le brouillard comme si quelque chose nous illuminait.

Puis je me rappelai ce dont il s'agissait.

Derrière nous, le mur s'élevait à une hauteur incroyable, véritable rempart de tourbillons de fumée lumineuse.

– Tourne ! Tourne !

Le cri de Narcisse perça le bourdonnement et je vis la bouche de Roussette répondre « Je ne peux pas ».

Nous foncions droit sur le mur. Coincés entre lui d'un côté et le veilleur qui approchait de l'autre.

Juste au moment où l'impact semblait inévitable, le bateau émit un grand craquement et se mit à longer le mur au lieu de le percuter. Mais nous étions tout de même trop près. Je commençais à voir flou, et mon esprit s'embrumait.

Enfumée.

En me retournant, je remarquai que Skep, Roussette et Narcisse retenaient tous leur respiration, les joues gonflées. Je les imitai aussitôt puis me tournai vers Jeremiah. Mais ce dernier avait pratiquement déjà perdu connaissance.

Nous devons nous réveiller. Nous devons nous réveiller tout de suite !

Je tentai alors de tirer sur la chaîne qui dépassait de sa poche, mais mes doigts passèrent au travers comme s'il ne s'agissait que d'un hologramme. J'essayai de nouveau, et il se produisit exactement la même chose.

C'est quoi, ça ? C'est parce que c'est lui qui l'a dans le monde réel ?

– Rosemary ! Grouille-toi !

Je bouchai le nez de Jeremiah. Ses yeux s'écarquillèrent d'un coup, et il tenta de reprendre sa respiration, mais je lui couvris aussitôt la bouche pour empêcher la fumée d'y pénétrer.

Réveille-toi. Allez, réveille-toi ! me répétais-je constamment, tout en me pinçant le bras dans l'espoir que cela envoie un signal à mon corps. *Il faut que je me réveille tout de suite.*

En levant les yeux, je vis Roussette graver quelque chose sur une plaquette de bronze. Skep sur le dos, Narcisse se tourna vers moi et se découvrit le bas du visage, le temps de me dire :

– Vite, Rosemary ! Le bateau va disparaître !

Quelques secondes plus tard, un oiseau de bronze plus gros qu'une moto sortait de la plaque et faisait grincer ses grandes ailes au-dessus du navire.

J'étais debout, prête à suivre les autres pour monter sur le dos de l'oiseau, quand j'entendis Jeremiah s'étouffer. Je me ruai vers lui.

Que se passera-t-il si le mur l'absorbe ? Va-t-il vraiment être blessé ? Va-t-il se réveiller ?

– Lève-toi, Jeremiah, s'il te plaît, lui dis-je en respirant le moins possible.

Ses paupières frémirent, mais il ne se réveilla pas.

– Dépêche-toi, Rosemary ! On n'a pas le temps !

J'essayai sans succès de le soulever. Trop lourd.

Je ne peux pas le laisser.

Je savais que Jeremiah était cruel, et qu'il ne méritait pas mon aide. *Est-ce qu'il m'aurait aidée, lui ?* Bien sûr que non.

Mais je ne suis pas comme lui, si ?

Je fis signe aux autres de partir sans moi. Je ne pouvais pratiquement plus bloquer ma respiration.

Si j'arrivais à nous maintenir en vie jusqu'à notre réveil, nous serions sauvés.

– Coucou, *les enfants*.

Cette voix me donna des frissons dans le dos.

Roussette, Skep, Narcisse et l'oiseau de bronze avaient disparu. Il ne restait plus que Jeremiah, le veilleur et moi.

Bam ! Bam ! Je sentis notre bateau tanguer sous ses pas quand il monta à bord.

Pendant qu'il avançait vers moi, je pris une grande inspiration. Je voyais la fumée circuler dans sa bouche et ses narines. Il sourit et se redressa, comme s'il était devenu encore plus fort. On aurait dit qu'il respirait la fumée aussi facilement que l'air. Peut-être était-ce le cas, d'ailleurs.

–Je vais vous envoyer tous les deux dans le mur, grogna-t-il, enroulant ses grands doigts osseux autour de la cheville de Jeremiah. Après ça, je vous boirai jusqu'à la dernière goutte…

Avant qu'il n'ait terminé sa tirade, l'oiseau de bronze réapparut et lui fonça dedans, l'envoyant valser en arrière, jusqu'à son propre bateau. Il faillit tomber dans le bourbier, mais se rattrapa juste à temps, et parvint à remonter sur le pont.

–Sers-toi de ta fumée, Rosie ! entendis-je à peine Roussette me dire, tandis que l'oiseau remontait dans le ciel.

Toujours sonné, Jeremiah se recula.

Réfléchis, Rose, réfléchis. Que ferait Jo ?

Euh… exactement comme pour ses jeux, bien sûr.

« *Que dois-je dessiner ?* » lui demanderais-je.

« *Ce dont tu as besoin* », me répondrait-elle.

À quatre pattes, j'allai chercher le clou échappé des mains de Roussette, qui avait roulé vers le bord.

Puis un morceau de bois blanc tomba à mes pieds.

Je m'en saisis et griffonnai rapidement dessus. C'était petit, mais peut-être arriverais-je à le faire fonctionner.

J'entendis craquer les articulations du veilleur, qui se relevait.

–Je vous tiens. Je vous tiens tous les deux.

La fumée me privant de mes facultés intellectuelles à mesure qu'elle envahissait mes poumons, je n'arrivais même plus à m'inquiéter. Je me contentai donc de dessiner, ainsi que Jo m'avait toujours recommandé de le faire.

En relevant les yeux, je vis le veilleur se déplacer à quatre pattes sur le pont. Avec ses gestes rapides et ses membres anguleux, il me fit aussitôt penser à une grosse araignée.

Mon dessin étant terminé, j'étais déjà en train de le regarder se matérialiser dans un halo marron. Il s'agissait d'un tout petit arc et d'une flèche en bois parfaitement droite. Libérant mes boucles brunes par la même occasion, j'arrachai l'élastique que j'avais dans les cheveux et le tendis sur l'arc.

Mais en relevant les yeux, j'eus l'affreuse surprise de voir le veilleur remonter sur son vaisseau noir en emportant Jeremiah, qui se débattait pourtant comme un beau diable.

Aussitôt, je trempai le bout de ma flèche dans le bourbier pour l'enflammer, puis visai de mon mieux et lâchai la corde.

Twang !

Le veilleur ne s'arrêta qu'un instant pour regarder ma minuscule flèche passer au-dessus de son embarcation.

– On dirait bien que c'est raté, *fillette*, me nargua-t-il avec un grand rictus cruel.

Mais non.

Ma flèche atterrit sur une rangée de flamboyantes et les enflamma. Le feu se propagea tout de suite aux cordes et, peu après, au bateau lui-même.

Le vaisseau du veilleur était en train de brûler.

J'ai réussi ! me dis-je fièrement.

– Comment oses-tu ? retentit la voix du veilleur.

Je m'attendais à ce qu'il batte en retraite, mais, au contraire, il traversa le bateau à toute allure, se dirigeant droit dans ma direction.

J'avais trop peur pour bouger.

Puis je remarquai un léger halo violet sur le pont.

Le bateau va se désintégrer. Il faut que je me réveille !

Je ne tenais pas du tout à savoir ce que cela faisait de tomber dans le bourbier ou d'être jetée dans le mur.

Quoi qu'il en soit, juste avant que l'une ou l'autre de ces choses ne se produise, Jeremiah s'interposa, et les doigts osseux du veilleur agrippèrent son poignet au lieu du mien.

J'étais trop sous le choc pour penser ou crier d'arrêter au veilleur, fou de rage, quand je le vis soulever et lancer Jeremiah. Dès l'instant où celui-ci fut en l'air, le mur se mit à l'attirer vers lui comme un aspirateur.

Jeremiah ne poussa aucun cri en y entrant. Il avait juste les yeux exorbités et la bouche grande ouverte. Captif, en suspens au cœur d'un tourbillon d'énergie.

J'avais envie de hurler, de dire ou de faire quelque chose, mais je me sentis soudain très faible. J'entendis un cliquetis dans ma tête.

– À toi, maintenant, fit le veilleur, tandis que son vaisseau se consumait derrière lui.

Mais tout était en train de devenir gris. Il y avait de la fumée partout. Je sentis le pont du bateau céder sous moi.

La dernière chose que je vis avant de perdre connaissance fut le visage de Jeremiah, piégé, figé en plein hurlement, à l'intérieur du mur.

Je jure qu'il me regardait droit dans les yeux.

LE MONDE À L'EXTÉRIEUR DE LA MONTRE

— Ah !

Je m'assis d'un coup et le regrettai aussitôt. Mon corps tout entier n'était que douleur.

Où suis-je ? Pourquoi est-ce que j'ai mal partout ?

Puis les souvenirs me revinrent : la soirée pyjama, la bataille contre le veilleur, Jeremiah prisonnier du mur.

J'entrepris donc d'examiner mon corps, mais n'y trouvai ni ecchymoses ni brûlures. Après une nuit pareille, je me serais pourtant attendue à en avoir. Ce devaient être les « douleurs fantômes » dont m'avait parlé Alejandro.

Je palpai mes poches, le sol, les coussins… mais je ne trouvai pas la montre. Jeremiah devait vraiment l'avoir prise.

Je suis la pire des nulles. Jo ne m'avait donné qu'une ou deux règles à suivre, et j'avais déjà enfreint la plus importante.

Il n'y avait qu'une façon de remédier à cela. Je devais mettre la main sur Jeremiah et lui reprendre la montre avant qu'il ne se réveille.

Je jetai un œil à la vieille horloge en forme de chat sur le mur derrière moi. Il était presque 10 heures, et personne n'était venu me réveiller.

Au moins, on est samedi, me dis-je en me levant à la hâte. Il me fallait agir vite et filer d'ici sans plus attendre.

Je ramassai mon sac à dos et montai les escaliers sur la pointe des pieds. Un doux fumet émanait de la cuisine. *Sûrement M. et Mme Berg qui préparent le petit déjeuner.* Ils nous servaient des œufs et des gaufres après toutes les soirées pyjama.

Je chassai prestement ce souvenir, et descendis le long d'un couloir. La chambre de Jeremiah était au bout, près de celle de Fallon. Il ne fallait vraiment, vraiment pas que quelqu'un se réveille. Si je me faisais prendre, je ne pourrais pas récupérer la montre.

Je poussai la porte de la chambre de Jeremiah.

Les murs étaient couverts de posters de foot. Jeremiah était toujours au lit, sur le dos.

Il dort encore ? Je vais devoir être silencieuse, alors.

Je m'approchai le plus discrètement possible de son lit, mais quand je me penchai pour voir, j'eus tellement envie de hurler que je dus m'écraser la main sur la bouche.

Son visage était livide et trempé de sueur.

Je m'avançai encore pour mieux l'observer. Sa respiration était longue et peu profonde.

Au moins, il n'était pas mort. Mais c'était *vraiment* bizarre.

Je secouai son épaule en murmurant son nom, mais cela ne fonctionna pas. Je le remuai plus fort en faisant plus de bruit, allant même jusqu'à le bousculer un peu, mais il demeura immobile.

Et s'il ne pouvait pas se réveiller parce qu'il était piégé dans le mur ? Alejandro pensait que nos esprits pouvaient aller dans d'autres mondes, mais pas nos corps, si ? Et si l'esprit de Jeremiah était resté coincé là-bas ?

Va-t-il rester comme ça pour toujours ?

Je fus aussitôt prise de panique. Il fallait que je fasse quelque chose. Je devais l'aider.

Je lui arrachai ses couvertures et remarquai la montre dans sa main.

Je l'extirpai de ses doigts chauds, et la rangeai dans ma poche avant de remettre les couvertures en place.

S'il était prisonnier dans le monde de la montre, il était probablement de mon devoir de le tirer de là.

Une fois sortie de la chambre de Jeremiah, j'allai tendre l'oreille devant celle de Fallon pour savoir si les filles étaient debout.

J'appuyai ma tête contre la porte et écoutai. J'entendis quelqu'un ronfler doucement.

Bien. C'est encore possible.

– Oh, Rosemary ! Tu es réveillée !

Mme Berg se tenait derrière moi, en tablier de cuisine. Elle souriait. Je me sentis soudain très mal par rapport à Jeremiah. Qu'allait-elle penser quand elle le verrait ? Je ne pourrais pas lui dire la vérité. Elle ne me croirait jamais.

– Je venais chercher tout le monde pour le petit déjeuner !

– Les autres dorment encore, marmonnai-je, le regard baissé, incapable de la regarder en face.

–Ah, d'accord. Je suppose que nous pouvons attendre, dans ce cas.

Elle poussa soudain un petit cri.

–Rosemary !

Je levai aussitôt la tête, consciente que mon cœur battait beaucoup plus vite qu'il ne l'aurait dû.

–Quoi ?

–Ton visage !

Je me retournai pour voir mon reflet dans un miroir mural.

Je m'attendais plus ou moins à trouver un ou deux bleus… mais pas des gribouillages rouges et noirs tracés au marqueur.

On m'avait dessiné une moustache, relié les sourcils entre eux, couvert tout le visage de boutons… Le mot MOISIE était écrit en gros sur mon front. Je ne pus m'empêcher de rougir jusqu'au bout des oreilles.

Ils ont dû faire ça pendant que je dormais. J'imagine que c'est là que Jeremiah m'a volé ma montre.

–Qui t'a fait ça ? murmura Mme Berg, préoccupée, une main sur ma joue pour mieux me regarder.

–Ce n'est rien, dis-je en éloignant mon visage d'elle. C'était juste un jeu.

Je m'éloignai en passant devant elle.

–Oh !

En me retournant, je vis de la pitié dans ses yeux. On aurait dit qu'elle savait que je mentais.

–Bon, je vais t'aider à nettoyer ça, et ensuite, nous prendrons le petit déjeuner, d'accord ? demanda-t-elle en retrouvant son grand sourire.

Je secouai la tête.

–Je préférerais rentrer chez moi. Ça vous ennuie si j'appelle ma mère et que je l'attends dehors ?

Je n'avais vraiment aucune envie de tomber sur une de ces filles au moment où elles allaient commencer à se lever.

–D'accord, ma chérie.

Il ne faut pas que maman me voie ainsi. Ça lui briserait le cœur.

–En fait, je veux bien que vous m'aidiez à enlever ça.

–Alors, comment s'est passée la fête ? demanda maman d'une voix chantante.

L'espace d'un instant, je fus tentée de tout lui raconter. De lui dire que c'était une mauvaise idée dès le départ et que je ne voulais plus jamais aller chez Fallon… mais elle me sourit.

Si je le lui avais dit, elle aurait encore eu l'air triste. Je n'avais pas envie de la décevoir.

–Bien, c'était amusant, me contentai-je de répondre à la place.

–C'est vrai ? J'en étais sûre ! Il faut toujours tenter les choses, ma chérie !

LE LIVRE

Dès que nous fûmes arrivées à la maison, je me précipitai dans ma chambre et fermai la porte à clé. Il me fallait un plan d'action.

Peut-être que Jeremiah *allait* se réveiller tout seul. Dans ce cas, je n'aurais plus qu'à le convaincre que ni le mur ni la montre n'étaient réels.

S'il ne se réveillait pas, ce serait bien plus effrayant. Je devais absolument trouver un moyen de le sortir du mur avant qu'il ne meure… ou, plus précisément, avant que son esprit ne meure.

J'avais mal au ventre rien que d'y penser.

Un plan, il me faut un plan, me disais-je en faisant les cent pas.

« *Si tu veux l'emporter, il te faut un plan* », résonna la voix de Jo dans ma mémoire.

Elle m'avait raconté tellement d'histoires. Mais je suppose que je n'y avais pas suffisamment prêté attention. Comme j'ignorais qu'elles pouvaient être réelles, je n'avais pas conscience de l'importance des détails.

Et puisqu'elle avait disparu, je ne pouvais pas l'interroger sur les mesures à prendre ou les endroits où aller.

Pourquoi ne m'a-t-elle pas laissé des instructions spécifiques ou quelque chose comme ça ?

J'arrêtai soudain de faire les cent pas, interrompue par une prise de conscience. *Et si,* en fait, *elle m'en avait laissé ?*

Je fonçai vers mon armoire. Sur la plus haute étagère, tout au fond, se trouvait le vieux livre poussiéreux qui racontait justement l'histoire du monde de la montre. Et si ce n'était pas une fiction ? Si c'était un guide ?

Je le pris aussi délicatement que possible, redoutant qu'après tout ce temps, il s'émiette dès l'instant où je poserais le doigt dessus.

Je soufflai sur la poussière qui voilait sa couverture usée. Au fil des ans, le cuir rouge avait pris une teinte légèrement marron, couleur brique. Autrefois dorée, la reliure avait elle aussi subi l'outrage du temps, sauf vers le milieu, où subsistaient quelques fines lignes lumineuses.

La Treizième Heure.

L'ouvrage était encore tel que dans mon souvenir. Il me semblait beaucoup plus rare et précieux que tous les autres livres. Il m'avait toujours fait cet effet.

Ne l'ayant pas ouvert depuis longtemps, je me demandais combien j'en avais oublié. En tout cas, il y avait une page dont je me souvenais particulièrement. Je la retrouvai rapidement, vers la fin.

Amisi l'aventurier survolait une ville dans laquelle les gens portaient des masques et circulaient à dos de tortue géante. Un dragon bleu électrique volait à côté de lui, dans le même halo marron que celui des choses que j'avais dessinées au Onze.

La légende racontait :

Amisi se retrouva à la onzième heure, où tout le monde dansait. Ici, les habitants vivaient heureux, car ils pouvaient créer tout ce qu'ils voulaient à la seule aide d'un crayon et de leur imagination.

C'était le royaume que j'avais découvert dans mes rêves, et il était là depuis toujours.

Je revins quelques pages en arrière pour regarder une ferme, mais, à sa place, je trouvai une énorme boîte d'allumettes dessinée. Et, au lieu d'un moulin à vent, je découvris un moulinet pour enfants aux couleurs de l'arc-en-ciel. La toile de fond de cette étrange scène était une pommeraie, dont les arbres n'arrivaient qu'aux genoux du paysan. Je me demandai s'ils étaient minuscules, ou si c'était l'homme qui était gigantesque.

Le fermier tenait dans sa main une pomme rouge surmontée d'une tornade d'énergie de la même couleur.

Cela me rappela le mouvement de la fumée violette de Roussette.

Je suppose que le rouge du Six et le bleu du Onze ont créé du violet en se mélangeant. Ça paraîtrait logique.

Le texte disait aussi :

Amisi se retrouva à la sixième heure. Ici, rien n'avait sa taille normale, car les fermiers locaux savaient facilement tout rapetisser ou agrandir. Y compris eux-mêmes !

Donc, c'est le royaume de Roussette, me dis-je, *ou, du moins, la moitié.* J'observai intensément le paysan, dont les joues couvertes de taches de rousseur me plaisaient.

Je gribouillai « *Six, Roussette* » sur un post-it attrapé sur mon bureau, puis le collai au coin de la page du fermier.

Je me dis que Jo n'avait pas dû collecter d'énergie au Six, car je n'avais pas vu de fumée rouge dans la montre pendant que j'étais au Onze. Je marquai le post-it d'une croix.

Et d'un ! Plus que onze mondes à vérifier.

La fumée de Narcisse était d'un bleu très clair, qui devait résulter d'un mélange du bleu du Onze et du blanc du Trois. Sur les illustrations, le Trois était représenté par une sinistre montagne *flottant* au-dessus d'un océan noir. À peine visible, une femme aux longs cheveux jaunes levait le bras pour lui envoyer de la fumée et du feu blancs.

Je collai un post-it marqué d'une croix sur cette page. J'étais soulagée qu'il y ait déjà de la fumée blanche dans la montre, car je n'aurais pas aimé être obligée d'aller sur cette effrayante montagne de feu.

Puis, je tombai sur la fumée verte de Skep. Je l'associai à une page semblant sortir tout droit d'un dessin animé, dont les personnages possédaient une fumée jaune. Un homme qui venait de se faire renverser par une diligence folle était étalé par terre, aussi plat qu'une feuille de papier. Mais le plus étrange, c'était qu'il avait la tête redressée, de sorte à pouvoir observer la diligence s'éloigner. Quoi qu'il en soit, il baignait tout entier dans un halo jaune comme le soleil.

Je marquai également cette page.

Je commençais à être tout excitée. Mon plan allait peut-être fonctionner. Tout ce que je devais faire, c'était chercher quels étaient les autres royaumes dans lesquels Jo avait déjà pris de la fumée. Après ça, je pourrais chercher comment m'en procurer dans les autres.

Je découvris les trois dernières couleurs qui restaient dans la montre. Une fumée d'un violet vif provenait du Neuf, où tout était couvert de neige. La fumée noire était celle du Deux, où un garçon voguait tout droit vers le *cœur* du ciel. Et la dernière, l'énergie rose, appartenait au Huit, où les gens vivaient sous terre.

Une fois que j'eus trouvé toutes les couleurs, les pages du livre étaient tapissées de post-it. Il me restait donc sept sortes de fumée à collecter, dont celle du Onze.

Pas étonnant que Jo n'ait pas réussi à la dérober... Le veilleur du Onze était terrifiant. Comment allais-je bien pouvoir lui voler sa fumée, alors qu'il était entouré de ses gardes en permanence ?

Et comment allais-je procéder avec les autres veilleurs, d'ailleurs ? En leur bouchant le nez et en leur demandant d'éternuer ? Je doutais que les veilleurs des autres mondes soient beaucoup plus sympathiques que celui du Onze.

J'aurais vraiment aimé que Jo soit là pour m'écouter et me conseiller.

–*Bouge-toi et va sauver la vie de cet affreux gamin !* Voilà ce qu'elle m'aurait probablement répondu.

Cette pensée me fit glousser, mais n'empêcha pas mon angoisse de revenir au galop.

Je n'aurais pas dû être responsable de la vie ou de la mort de quiconque. Il n'aurait pas dû y avoir de royaumes à l'intérieur de la montre. Jo n'aurait pas dû disparaître.

Je relus le livre de A à Z un nombre incalculable de fois, en quête d'informations susceptibles de m'aider à survivre dans ces milieux inhospitaliers.

À force, je pris aussi conscience d'une autre bizarrerie : il n'y avait que onze royaumes, et non douze.

Je fis de nouveau glisser mes doigts sur la surface à la fois granuleuse et douce du papier épais pour recompter. Là où aurait dû se trouver le Douze, il n'y avait rien. Le livre s'arrêtait au Onze.

Où était donc le Douze ?

Je sortis la montre pour vérifier qu'il y avait bien encore un douze dessus. J'appuyai sur le bouton-poussoir, et les pétales se déployèrent autour du scintillant cadran.

Je l'observai d'assez près pour distinguer jusqu'aux plus minuscules gravures des fleurs colorées du Dix.

Un. Deux. Trois. Quatre. Cinq. Six. Je me demandais si, en tenant cet objet, je tenais tout son monde et tous ses habitants dans le creux de ma main. *Sept. Huit. Neuf. Dix. Onze.*

Mais il n'y avait pas de douze, ce qui correspondait au pétale manquant.

Je fermai les yeux et essayai de me rappeler le Douze. Quand Jo me l'avait montré dans mon enfance, de quoi était-il composé ?

L'image était trouble, mais il me semblait revoir un endroit parfait. Avec des nuages parfaits, de minuscules personnages parfaits… Tout cela autour d'une sorte de château de conte de fées.

Je me demande pourquoi il n'est pas dans le livre…

J'ajoutai un dernier post-it au bas de la page du Onze. *Douze : château de conte de fées ?*

J'allais sûrement devoir garder celui-ci pour la fin. Peut-être pourrais-je en apprendre plus sur lui dans les autres mondes.

Je continuai à lire, à étudier.

Ma page préférée était celle où une fille assise sur une balançoire voyageait dans les airs, suspendue à des bulles de couleur bronze. Le texte disait : ***Amisi se retrouva dans le Un, dont la princesse aimait les devinettes et les casse-tête, mais détestait autant la futilité que la défaite. Quand elle était contente, elle était au plus bas. Quand elle était mécontente, elle était au plus haut.***

J'aimais bien aussi l'illustration où l'on voyait des visages de pierre géants portés par de toutes petites jambes. ***Amisi se retrouva dans le Cinq***, lisait-on en dessous. ***Ici, les habitants se dissimulaient dans des têtes de pierre et s'entrechoquaient volontairement pour s'amuser.***

Pour finir, je passai directement à la dernière page. Deux hommes, dessinés en pied, figuraient dans des ovales ornementés. Celui du haut était Amisi, l'homme mince à la moustache pendante. Souriant, il avait l'air intelligent et sympathique.

Sous son portrait, on pouvait lire : ***Olaf Amisi – auteur.***

Juste en dessous se trouvait le second individu. Il était plus large d'épaules qu'Amisi, avec un visage taillé à la serpe et une masse compacte de cheveux châtains lui tombant sur le front. Il n'avait pas l'air intelligent, et encore moins sympathique.

Je remarquai soudain, avec horreur, qu'il me faisait beaucoup penser à Wes. Puis la légende confirma mon impression : *Harold Marks – illustrateur.*

J'en eus le souffle coupé. Quand j'étais petite, je n'arrivais pas à lire l'écriture cursive. Je ne comprenais pas ce que disait cette page. Je n'aurais jamais pu deviner qu'il existait peut-être un lien de parenté entre un des créateurs de ce livre et moi.

Peut-être était-ce de lui que Jo tenait la montre. Peut-être avait-il réalisé ces illustrations fantomatiques après être allé au Onze, puisque c'était un artiste.

Comme moi.

Cette pensée me fit sourire.

J'allais peut-être *réussir*. Il était possible que je parvienne à collecter toute la fumée, à détruire le mur et à sauver Jeremiah. Ce monde magique était dans mon sang.

Je cachai le livre dans mon placard et me laissai tomber sur mon lit.

J'avais le sentiment de devoir commencer maintenant. Je vérifiai ma montre. Il était 14 heures. Non seulement je n'avais pas besoin d'aller au Deux, mais je n'avais pas du tout sommeil.

Peut-être que je pourrais m'assurer d'être fatiguée pour 17 heures en allant faire du vélo, en buvant du lait chaud, en faisant mes devoirs de maths, en…

Le train de mes pensées fut interrompu par l'apparition de la tête de ma mère à ma porte. Elle arborait un sourire si large qu'il éveilla aussitôt ma méfiance.

–Ton amie est là !

–Mon quoi ?

Mais qui cela peut-il bien être ?

Minute. L'image de la tête échevelée d'Alejandro me vint à l'esprit. *Se pourrait-il qu'il ait trouvé où j'habite ?*

–Fallon.

–*Hein ?*

Je me levai d'un bond tout en me lissant les cheveux en arrière. Pourquoi viendrait-elle me voir ?

–J'ai peut-être oublié quelque chose chez elle ? dis-je à haute voix tout en me ruant vers la porte d'entrée.

En effet, Fallon était devant chez moi. Son vélo vert vif en appui contre sa jambe, elle regardait par terre.

–Salut, Fallon, qu'est-ce qui t'amène ? lui demandai-je en faisant comme si cette situation n'avait rien de super étrange.

–Ma mère tenait à ce que tu aies ton sac de mini-cadeaux, marmonna-t-elle en me tendant un sachet en plastique transparent.

À l'intérieur, j'aperçus un flacon de vernis à ongles à paillettes, un bracelet Hyung-Gyun et des confiseries.

–Merci, répondis-je, me sentant encore plus mal à l'aise.

Elle a vraiment fait tout ce chemin pour me donner ça ?

Il y eut un moment de silence. Mes doigts se mirent à tapoter la poignée de la porte. Je ne savais pas quoi faire.

–Tu as besoin d'autre chose ? lui demandai-je, incapable de supporter ce silence une seconde de plus.

Elle finit par lever le visage vers moi, les larmes aux yeux.

–As-tu remarqué quelque chose de bizarre chez Jerry ?

Mon rythme cardiaque s'emballa, et je sentis la sueur perler sur mon front.

– Qu'est-ce que tu veux dire ?

– Il…, hoqueta-t-elle, tentant de contenir son émotion. Il ne s'est pas réveillé, ce matin.

Il est dans le mur ! avais-je envie de crier. *C'est ma faute. Je vais arranger ça.* Mais je restai juste plantée bêtement devant elle avec des yeux de merlan frit.

– Il quoi ?

Maintenant, les larmes coulaient à flots sur son visage.

– Il ne se… enfin, on n'arrive pas à le réveiller. On ne compr… on ne sait pas ce qu'il a. On l'a emmené à l'hôpital, mais… ils ne comprennent pas non plus…

Cela faisait très longtemps que je n'avais pas vu Fallon pleurer. Autrefois, cela lui arrivait souvent, et j'étais toujours là pour elle. Pas Jeremiah ou Samantha Plank. C'était toujours moi qu'elle venait voir. Et chaque fois, ça me faisait de la peine.

Sans même réfléchir, je passai un bras autour d'elle et lui tapotai le dos, tandis qu'elle continuait de hoqueter doucement en tentant de retenir ses larmes.

– Ça va s'arranger, lui dis-je.

– M… mais s'il ne se réveille pas ?

– Il va se réveiller.

Je te le promets.

– Je… je ne savais pas à qui en parler. Mes parents ont tellement… tellement peur de tout. Et je…

Sa voix s'éteignit, puis elle renifla et s'écarta de moi en s'essuyant les yeux.

– Je me demandais si tu avais remarqué quelque chose de différent chez lui.

Sa bouche grande ouverte et son regard médusé quand il me fixait, coincé dans le mur.

– Non, je n'ai rien vu, murmurai-je.

Elle opina du chef, et essuya le reste de ses larmes avec sa manche.

– Je m'en doutais. Bon…

Elle fit demi-tour pour repartir, ce qui fit couiner les roues de son vélo, puis elle se retourna vers moi, les yeux baissés, cette fois.

– Je suis désolée.

– À quel sujet ?

Mais elle ne répondit pas. Elle monta sur son vélo et se mit à pédaler.

Je fermai la porte, chancelante. Cela faisait très, très longtemps que j'attendais que Fallon me dise ça. Et pourtant, la seule pensée qui occupait mon esprit, c'était que Jeremiah n'allait pas réellement se réveiller.

Cela signifiait qu'il fallait absolument que je détruise ce mur.

– Qu'est-ce qu'elle voulait ? me demanda maman, tout sourire, les mains sur les hanches. Ouh, le joli petit sachet bien rempli !

– Elle est venue m'annoncer que…, commençai-je avant de prendre le temps de réfléchir.

– T'annoncer quoi ?

– Tu connais son frère, Jeremiah ?

– Oui, et alors ?

– Il ne s'est pas réveillé ce matin.

Maman appela les Berg en se disant qu'en sa qualité d'élève infirmière, elle pouvait peut-être les aider, d'une façon ou d'une autre. Apparemment, ils pensaient tous que c'était quelque chose d'absolument improbable. L'hôpital procédait à des examens.

Mis à part qu'il était dans le coma, Jeremiah ne semblait avoir aucun problème.

Je me sentis horriblement mal tout le reste de la journée. Si j'avais réussi à le sauver au dernier moment, il serait normal.

Enfin, je ne veux pas dire qu'il serait vraiment *normal*. Ce serait toujours un abruti de première… mais, au moins, ce serait un abruti réveillé. Et Fallon et sa famille ne seraient pas en train de pleurer.

Cette nuit-là, je me couchai en me demandant sérieusement si je devais garder la montre avec moi.

Pour être honnête, j'avais peur de retourner dans le monde de la montre. Si ça devait causer des problèmes comme ça, peut-être valait-il mieux que je m'abstienne.

Mais je n'arrivais pas à oublier les yeux rouges et larmoyants de Fallon.

Il allait falloir que je détruise le mur pour sauver son frère. Et à en croire ce qu'avait dit Skep le jour de notre rencontre, il ne me restait que cinq jours pour trouver tous les veilleurs dont je n'avais pas encore la fumée, et leur en voler.

Impossible, fit une petite voix dans ma tête.

J'ouvris la montre. Il était 1 h 15. Quelques heures plus tôt, vers 22 heures, j'étais encore beaucoup trop agitée pour essayer de dormir. Mais maintenant…

Je fixai le premier pétale, pensai à l'illustration du livre avec la fille sur sa balançoire. *La princesse*, me dis-je. Si les rois et les reines étaient les veilleurs, elle devait avoir des liens de parenté avec eux, non ? Elle était peut-être même une des leurs, qui sait ? Était-elle encore en vie, au moins ? Ce livre avait été écrit il y avait si longtemps…

Ce royaume, le Un, ne semblait pas trop effrayant. Il paraissait plutôt léger, guilleret et amusant. Oui, ce serait un bon endroit pour commencer.

Alors que je pensais à ça, je m'aperçus que le mouvement des aiguilles me donnait sommeil.

J'espérais que la princesse était encore en vie, car j'avais très envie de la rencontrer.

LE UN

JE ME RÉVEILLAI DANS LE NÉANT. Ignorant dans quel sens je me trouvais, tournée vers le haut ou vers le bas. Tout était bizarre dans ma tête. Mon corps était léger. Je n'étais pas fatiguée du tout.

Tibidip, tibidap, tibidibille,
il était une malheureuse petite fille.

En entendant cette étrange comptine, je me redressai d'un coup. La voix était douce et puissante à la fois. Lointaine, mais haute et perçante. *C'est une enfant*, me dis-je. Mais j'avais les idées tellement embrouillées que je n'en déduisis rien d'autre.

Tibidip, tibidap, tibidibié,
l'enfant tomba dans l'évier.

Tandis que le chant continuait, je restai debout. J'étais enveloppée dans une sorte de brouillard dont l'odeur me rappelait celle d'une bonne tasse de cacao bien chaud. Le sol était si mou que je ne ressentais aucune résistance sous mes pieds, comme si j'allais m'enfoncer à chaque pas dans un nuage. Il me fallut un moment pour m'habituer à la sensation.

Je me guidais à la voix.

Tibidip, tibidap, tibidibé,
où allait-elle se retrouver ?

Quand le brouillard se leva, je vis apparaître une clairière cernée d'arbres aussi fins que des baguettes. Mais lorsque je voulus toucher l'écorce de l'un d'eux, il s'évapora. Ce n'était qu'une illusion. La façon dont le soleil perçait à travers le brouillard, comme une goutte de peinture dans un verre d'eau, ressemblait aussi à une illusion.

Tibidip, tibidap, tibidibi,
sa mère jamais ne la revit.

Puis, en me retournant, je la découvris.

Elle était plus jeune que moi, avec un halo cotonneux de cheveux noirs frisés autour de la tête. Ses yeux étaient semblables à de grandes soucoupes en bronze, et elle portait un gros manteau qui avait l'air d'être fait d'énormes boules de coton. En m'approchant assez pour l'entendre fredonner doucement, je constatai aussi qu'elle n'était pas debout, mais assise. Et pourtant, nos yeux étaient face à face.

À force d'essayer de distinguer quelque chose à travers l'épaisse grisaille, je compris qu'elle était assise sur une simple planche de bois flotté : une balançoire reliée par des cordes au nuage de bulles étincelantes qui la surplombait.

Je repérai le scintillement d'une couronne nichée dans les boucles de ses cheveux.

C'est elle, compris-je, sidérée. *La princesse du Un.*

– Ti-taï-tu, qui es-tu ?

Elle me fixait d'une façon qui me donnait l'impression qu'elle voyait à travers ma peau.

–Je m'appelle… Rosemary.

Elle éclata de rire sans que j'en comprenne la raison.

–Drôle de nom, drôle de fille.

Elle tenait un étrange récipient. Volumineux, boursouflé, tout arrondi. Une sorte de bocal à poisson sans poisson, mais rempli d'un fluide lumineux, iridescent, dans lequel se formaient des spirales lisses comme de l'huile.

La princesse trempa un grand disque de métal dans ce liquide, puis le tint au-dessus de sa tête et souffla. La pellicule de fumée de couleur bronze qui s'était déposée sur l'anneau se mua alors en bulles ; elles s'envolèrent rejoindre le nuage auquel était suspendue la balançoire.

C'est exactement comme sur l'illustration.

Cela signifiait que j'étais arrivée à bon port, mais il allait falloir que j'agisse vite. Je devais dénicher le veilleur de ce royaume et lui voler de la fumée.

Ça ne peut tout de même pas être cette étrange petite fille, estimai-je. Elle paraissait trop gentille.

–En fait, je suis venue… euh… en fait… je suis venue te demander de l'aide ! lui criai-je.

Sa balançoire en bois flotté allait et venait. Tout en bougeant, elle commença à prendre des reflets de couleur bronze.

La petite fille commença à aller et venir tout doucement elle aussi, puis se mit à se donner toujours plus d'élan, jusqu'à se retrouver la tête en bas. Elle s'arrêta ainsi, les bulles à mes pieds, ses propres pieds au-dessus de ma tête. Pourtant, les bulles n'éclatèrent ni ne montèrent vers le ciel. La balançoire ne retomba pas non plus. Et la princesse semblait trouver cela tout ce qu'il y a de plus normal. Elle fit alors de nouvelles bulles qui, elles, s'éloignèrent vers le bas.

À moins que ce ne soit le haut ?

Plus je regardais la fillette à l'envers, moins j'étais sûre d'être celle de nous deux qui était dans le bon sens.

– Joue avec moi, s'écria-t-elle, en s'élançant jusqu'à se retrouver à la verticale. Si tu gagnes, je te ferai un cadeau.

– D'accord, acceptai-je, parce que j'avais besoin d'elle pour trouver le veilleur. À quoi veux-tu jouer ?

Elle éclata de rire tout en frappant dans ses petites mains.

– Dis-moi ce que j'aime et ne me dis pas ce que je n'aime pas. Si tu comprends seulement *pourquoi* j'aime ce que j'aime, mon pied touchera le sol et tu auras gagné. Si je m'envole hors de ta vue, tu auras perdu.

– Je ne sais pas ce que ça signifie. *C'est une devinette ?*

– Je ne t'aiderai pas.

Elle souffla quelques bulles, recommença à se balancer et me lança « au revoir ». Puis elle se mit à monter de plus en haut, et je la perdis de vue dans le brouillard.

– Attends, m'écriai-je en espérant qu'elle revienne. Je veux bien jouer !

– Donc, faire ce que j'aime ? fit une petite voix chantante dans les airs.

J'essayai de me rappeler ce que j'avais lu de cette petite fille dans le livre.

La princesse aimait les devinettes et les casse-tête, mais détestait autant la futilité que la défaite. Quand elle était contente, elle était au plus bas. Quand elle était mécontente, elle était au plus haut.

– Aimes-tu…, commençai-je sans grande conviction. Aimes-tu les casse-tête ?

– Oui, j'aime les casse-tête ! fit la voix aiguë, au-dessus de moi.

La princesse commença à redescendre lentement.

– Aimes-tu… les devinettes ?

– Oui, oui, tout à fait !

Elle descendit un peu plus.

– Mais tu n'aimes pas les corvées ?

– Bah ! fit-elle en remontant, et en échappant de nouveau à ma vue.

– Mais j'ai bien dit que tu n'aimais *pas* cela, pourtant !

– Dis-moi ce que j'aime et ne me dis pas ce que je n'aime pas, répéta-t-elle, d'un ton légèrement agacé.

– Aimes-tu…

J'avais intérêt à bien réfléchir. Si je ratais celle-ci, elle monterait si haut que je ne pourrais plus l'entendre. Je ne pouvais pas me permettre de perdre.

– … les bulles ?

Après un effrayant silence, ses pieds descendirent un peu.

– J'aime les bulles.

Nous jouâmes pendant des heures. À force de voir sa petite balançoire monter et descendre, j'avais la gorge nouée par l'angoisse et le stress.

– Le gâteau ?

Tout le monde aime le gâteau, non ?

–Non, non, non !

Elle remonta une nouvelle fois.

–Aimes-tu les oisillons ?

–Oh, oui !

–Les hirondelles, alors !

–Certainement !

Ah ! Elle était tout près, maintenant. Si seulement je pouvais la faire descendre d'encore quelques dizaines de centimètres, ses pieds toucheraient peut-être le sol.

–Donc, tu aimes sûrement les moineaux aussi !

Elle éclata de rire en remontant.

–Comment peut-on aimer les oisillons et les hirondelles, mais pas les moineaux ? Ça n'a pas de sens !

–Joue à mon jeu.

–Ce n'est pas un jeu, c'est trop absurde pour en être un !

Et si ce n'était pas si absurde que ça, en fait ? Jo m'avait souvent fait jouer à de drôles de jeux de ce genre, et il y avait toujours des règles, même si on ne les comprenait pas dès le début.

Après avoir eu si longtemps l'impression que tout ne se jouait qu'au hasard, je me dis pour la première fois que je tenais peut-être une piste.

Bon… Donc, elle aimait les oisillons, mais pas les moineaux, les génisses, mais pas les vaches. Elle avait affirmé aimer les duchesses, les tartelettes, les carrés et le jazz, mais ne pas aimer les comtes, les flans, les triangles et le rap.

Et elle aimait bien les devinettes, mais pas les questions.

Mais quel était le dénominateur commun ?

– Aimes-tu…

Je pensai à tous ces mots. *Ah, peut-être n'aime-t-elle que les choses qui comptent un certain nombre de lettres !* Je devais commencer petit.

– Aimes-tu les dés ?

– Non, pourquoi ? gloussa-t-elle en remontant.

Quoi d'autre, quoi d'autre ? Rien ne me venait. *Peut-être n'aimait-elle que le singulier et pas le pluriel.*

– Aimes-tu la littérature ?

– La littérature, j'adore !

Oui ! Elle redescend.

– Et le vélo ?

– Non, non, non !

Elle s'éleva plus haut et plus vite que toutes les fois précédentes. Qu'avais-je fait ? C'était pratiquement fichu, maintenant. *Réfléchis, Rose, réfléchis…* D'après Jo, dessiner ou écrire aidait toujours à résoudre les problèmes.

Je m'agenouillai donc par terre, ramassai une pierre pointue et notai tous les mots que je me rappelais avoir proposés dans deux colonnes tracées sur le sol : celle des « oui » et celle des « non ».

– Les bulles et les devinettes dans la bonne liste, mais les moineaux dans celle des perdants…

Mais oui ! Maintenant que c'était écrit devant moi, la solution me sauta aux yeux.

– J'ai trouvé… Aimes-tu les chatouilles ?

Elle se redressa sur sa balançoire.

– Oui !

– Et les sauterelles ?

–J'adore les sauterelles !

Elle descendait de plus en plus vite.

–Et les spaghettis ?

–Oui !

–Très bien… et moi, alors ? Moi, qui suis ton alliée ?

–J'aime les alliées, déclara-t-elle juste au moment où ses orteils nus étaient à la limite de toucher le sol ?

–Je le savais !

–Alors, qu'est-ce que j'aime ?

–Tu aimes les mots contenant des doubles consonnes, pas vrai ?

–Bravo, bravo, bravo !

Elle sauta de sa balançoire et se mit à danser en cercle autour de moi dans le brouillard. Ses mains laissaient derrière elles de soyeuses stries de couleur bronze illuminant la brume.

–Le moment est venu que tu reçoives ton prix ! Je vais t'emmener tout là-haut, dans mon château !

Elle pointait juste au-dessus de nous. Je dus tendre le cou pour voir. Mais en regardant bien, les yeux plissés, j'arrivais à distinguer le scintillement des lumières d'une ville.

–En fait, dis-je en croisant les doigts au fond de ma poche, j'espérais que tu pourrais me rendre un service différent ?

–Ah, bon ?

–Je voudrais…, commençai-je sans vraiment savoir ce que je devais demander. J'aimerais que tu me conduises auprès du veilleur.

–C'est fait.

–Quoi ? Où ça ?

Elle sourit… et révéla ainsi ses longues dents jaunes et fendillées.

Un hurlement me resta coincé dans la gorge.

–Qu'attends-tu de moi, ma chère alliée ? me demanda-t-elle, d'une voix beaucoup plus effrayante qu'auparavant. Laisse-moi te regarder.

Sur ces mots, elle extirpa ses gros yeux de bronze de sa tête. Malgré le brouillard, je compris alors qu'il ne s'agissait, en réalité, que de bulles. En les enlevant, elle dévoila les sombres cavités de ses orbites.

Je reculai à quatre pattes, incapable de parler, déjà perdue dans la brume.

–Qu'est-ce qui ne va pas, mon alliée ? Pourquoi me cherchais-tu ?

Je tentai de courir, mais, sur ce tapis de nuages, c'était pratiquement impossible. *Il faut que j'aille plus vite.*

Je m'arrêtai pour dessiner une voiture de course par terre, mais rien ne se produisit.

Les pouvoirs que j'avais au Onze ne fonctionnent pas ici. Pourtant, Roussette m'a dit que je pouvais me servir de tous. Peut-être que je peux voler comme la petite fille ? Est-ce que ce ne serait pas ça, le pouvoir magique de ce royaume ?

–Pourquoi ne me montres-tu pas ta fumée, mon alliée ? Qu'essaies-tu de cacher ?

Je détalai derrière un des grands arbres tout en tâchant de me rappeler comment la princesse – ou plutôt la veilleuse – avait fait ses bulles.

Elle s'est contentée de souffler, non ?

Aussi silencieusement que possible, j'essayai aussi. À mon plus grand étonnement, de la fumée sortit et créa un nuage qui partit à la dérive.

Je n'avais pas de liquide à bulles comme elle, mais je pouvais peut-être me débrouiller quand même.

Après m'être agenouillée, je crachai un nouveau nuage de fumée, puis montai dessus.

– Waouh !

C'était précaire, mais je m'élevais.

Et maintenant ? Comment vais-je faire pour lui prendre de la fumée ?

– Ta fumée a l'air bizarre. Pourquoi a-t-elle l'air bizarre ?

La fillette se tenait tête en bas, juste au-dessus de moi.

– Tu n'es pas d'ici, n'est-ce pas ? siffla-t-elle en me poussant.

Je tombai dans le vide en hurlant…

… mais elle me rattrapa par le poignet juste avant que je ne heurte le sol.

– Tu es une *traîtresse*, pas une alliée.

Ses ongles interminables s'enfonçaient dans ma peau.

– Je vais t'emmener au mur, traîtresse.

J'avais échoué. Il fallait que je m'échappe. Si Jeremiah et moi étions tous deux prisonniers du monde de la montre, personne ne viendrait nous secourir.

Dans un ultime effort, je projetai mon corps en l'air, et parvins à grimper sur la balançoire, derrière la monstrueuse fillette, qui se mit à crier en essayant de me repousser.

Je cherchai quelque chose, n'importe quoi, pour m'y accrocher, mais ne trouvai rien d'autre qu'une bulle. Je basculai en arrière et atterris violemment sur le sol.

– Aïe !

Ma tête tournait. *Il faut que j'aie sa fumée. Comment l'obliger à...*

– Rosie moisie, Rosie finie, se mit-elle à chantonner. Où es-tu partie ?

Elle approchait.

CHTAC !

Ce son résonnait dans ma tête. Je me sentais de plus en plus étourdie, et ce n'était pas dû qu'à ma chute. C'était ce que j'éprouvais chaque fois que j'étais sur le point de me réveiller dans le monde réel.

Mais je ne dois pas repartir sans fumée.

Je regardai la bulle. De la fumée de couleur bronze tournoyait à l'intérieur.

Je me demande...

– Rosie chérie ? Où es-tu tapie ?

Frouif ! Un grand bruit retentit tout autour. *Quelqu'un est en train de me réveiller.*

Je sortis la montre, soulagée de voir que c'était aussi une boule dans ce royaume. Tout en la serrant fort dans ma main, j'appuyai sur la bulle magique jusqu'à la faire éclater. De la fumée s'en échappa... et fut aussitôt aspirée, allant rejoindre le reste de l'énergie lumineuse de la montre.

J'ai réussi !

– Ah, te voilà enfin ! fit la fillette avant de rester bouche bée. Mais qu'est-ce que... ?

Frouif !

Frouif, frouif !

Quand elle vint presque coller son visage contre le mien et m'agripper la main pour m'arracher la boule, je me mis à hurler.

–Non !

FROUIF !

LE PLAN

– Rosie ! Réveille-toi !

Frouif, frouif, frouif ! C'était le bruit que faisaient les couvertures pendant que ma mère me secouait par l'épaule.

– Maman ?

J'avais la voix enrouée. Je m'assis en me frottant les yeux. Par rapport à la forêt brumeuse du Un, ma chambre était extrêmement lumineuse.

– Tu étais en train de faire un cauchemar, ma chérie, dit ma mère, les yeux écarquillés.

Je me sentis soudain parfaitement réveillée.

– Comment tu le sais ?

– Tu criais.

Dans le monde terrestre aussi ?

– Je criais *pour de vrai* ?

– Euh, pas très fort, répondit ma mère. Mais c'étaient tout de même des cris. Tu as aussi marmonné quelque chose.

– Qu'est-ce que j'ai dit ? demandai-je en craignant la réponse.

– Ah, tu as dit « aïe » et quelque chose concernant de la fumée, fit maman en balayant ces paroles d'un geste de la main. À quoi rêvais-tu ?

Je pensai à la princesse et à ses affreuses longues dents.

– Je ne sais pas, grommelai-je.

– Pourtant, avec le bruit que tu as fait, j'aurais cru que tu t'en souviendrais, dit-elle en me passant la main dans les cheveux. Tu es sûre que tu te sens bien ?

Je hochai la tête, consciente de l'état de mes cheveux et de mes couvertures. En réalité, ce rêve avait été tellement effrayant que je continuai d'y songer toute la journée. Mais peut-être n'y pensais-je que parce que je ne supportais pas de penser à Jo.

Tout était terrifiant. Tout allait de travers. Si elle était là, tout irait bien.

Quand vint la nuit, les grandes dents étaient encore si présentes dans ma mémoire que j'avais peur de m'endormir.

Je ne parvins pas à fermer l'œil de toute la nuit, et quand ma mère vint me réveiller le matin, j'étais déjà habillée pour le collège.

Tel un zombie aux pieds de plomb, je sortis péniblement du dinosaure à roulettes.

J'avais sûrement l'air ridicule, à traîner des pieds dans l'herbe de la sorte. En tout cas, les élèves me regardaient. *Qu'importe. Ils n'ont qu'à penser ce qu'ils veulent. Ils n'ont pas à se soucier d'un enfant prisonnier d'un mur maléfique qui absorbe sa force vitale comme s'il n'était qu'un vulgaire Capri-Sun. Alors, leur jugement…*

Et, bien sûr, qui se trouvait avec sa petite bande juste à côté des portes principales du collège ? Samantha Plank. Aujourd'hui, elle portait du gloss. Chaque fois qu'elle en mettait, elle avait des petits cheveux et d'autres trucs collés dessus. Au moment où je passai devant elle – visiblement trop près à son goût –, elle retroussa sa lèvre brillante. Je l'entendis chuchoter « beurk » pour amuser ses copines.

– Ça doit être super de n'avoir à penser qu'au nombre de moucherons qu'on a sur les babines.

Je devais être vraiment stressée, parce que je n'avais sincèrement pas prévu de dire ça à haute voix.

Constatant que Samantha en restait muette, je lui décochai un sourire mauvais, sous les gloussements de sa basse-cour. Peut-être devrais-je dire les choses à haute voix plus souvent.

Les cours furent aussi ennuyeux que d'habitude. En Histoire, Mme Lee parla de la guerre de Crimée. J'avais du mal à me concentrer, parce qu'une autre guerre faisait véritablement rage *pile au même moment*, dans ma montre de gousset.

Je regardai autour de moi. Les élèves me semblaient tous sans intérêt.

Le vrai monde paraissait si gris comparé à celui de la montre. J'avais très hâte de faire une petite sieste et de me laisser glisser dans un endroit différent où, *moi aussi*, j'étais différente.

En plus, j'avais déjà perdu une journée, et je n'avais que jusqu'à mercredi pour sauver Jeremiah.

« *Si tu veux l'emporter, il te faut un plan.* »

On aurait dit que le souvenir de Jo se moquait de moi. *Bon, d'accord, je vais élaborer un plan.*

Il me restait six royaumes à voir en un peu plus de deux jours. Cela signifiait qu'il fallait que je m'endorme trois fois par jour ! Je ne savais même pas si c'était possible.

Peut-être que je pourrais…, commençai-je à réfléchir en prenant des notes dans mon bloc. *Je pourrais mettre mon alarme à sonner toutes les heures ? Comme ça, je pourrais faire le Cinq, le Six et le Sept… Mais si une heure ne me suffisait pas pour récupérer la fumée ? La sonnerie me réveillerait, et toute la demi-journée serait gâchée.*

Peut-être vaudrait-il mieux demander à quelqu'un du monde extérieur de me réveiller. Maman m'avait bien entendue parler, non ? Oui, c'est la solution.

Je tapotai mon crayon, perdue dans mes pensées. C'était difficile. En plus du Cinq, du Six et du Sept, il me fallait aussi de la fumée du Dix, du Onze et du mystérieux Douze.

Cependant, je ne voulais pas retourner au Onze tant que je n'aurais pas le reste. Ce serait un voyage gaspillé. Sans oublier que son veilleur me flanquait une trouille bleue. Et il m'avait déjà vue. Étant donné qu'il savait que je n'étais pas de là-bas, il essaierait de me jeter dans le mur dès la seconde où il m'apercevrait de nouveau.

Je n'aurais qu'une seule chance pour lui voler sa fumée, et je n'y étais pas encore prête.

Je pourrais peut-être aller au Dix ce soir, au Douze demain soir, et au Onze, mercredi matin, notai-je dans mon journal.

Il faudrait que je travaille vraiment, vraiment vite, cela dit. Si j'étais trop lente – pouf ! –, c'en serait fini de Jeremiah.

Et le Cinq, le Six et le Sept, alors ?

Je commençai à me sentir submergée.

Là, ce n'était pas une devinette mais une question bien réelle. Je n'avais que le reste de cette journée, le lendemain et une partie du surlendemain pour sauver la vie de quelqu'un.

Ma respiration s'accéléra et ma cage thoracique se contracta. *Et si je n'y arrive pas ?* Je posai ma main sur mon torse, où mon cœur tambourinait comme jamais. Je transpirais de nouveau. Je commençais à paniquer. *Ça fait trop de royaumes...*

–Psst !

Alejandro était derrière moi, en train de tailler son crayon à côté d'une étagère à fournitures. Aujourd'hui, il portait un tee-shirt *tie and dye* sur lequel était inscrit ERREUR 404.

–Tu te sens bien ? murmura-t-il.

Je hochai la tête en me rendant compte que j'avais dû avoir l'air bizarre en respirant si fort, les mains sur la poitrine.

Je regardai alentour : les autres me fixaient aussi.

–Tu es sûre ? Tu es toute pâle...

–Mademoiselle Marks et monsieur Fuentes ! aboya Mme Lee. Y a-t-il quelque chose que vous aimeriez partager avec la classe ?

–Non, madame. Je demandais juste à Rosemary si je pouvais lui emprunter un crayon.

Pendant qu'Alejandro répondait, je lui griffonnai un mot sur un bout de papier : *Midi ? Besoin de ton aide.*

– N'êtes-vous pas justement en train d'en tailler un ? demanda Mme Lee en haussant les sourcils.

Alejandro regarda sa mine nouvellement pointue en feignant la surprise.

– Ça alors ! Ça m'était complètement sorti de la tête.

Les élèves ricanèrent. J'entendis Samantha murmurer « Quel idiot ! » à Jackson, assis à côté d'elle. Alejandro retourna à sa table sans y prêter la moindre attention. Je profitai du fait qu'il passe près de moi pour lui donner mon mot.

Une fois sur sa chaise, il déplia le bout de papier puis se retourna en souriant, le pouce en l'air. Je lui rendis son sourire. Avec de l'aide, je pourrais *peut-être* sauver Jeremiah, finalement.

Après ça, j'eus beau tenter de toutes mes forces d'écouter la leçon, avec la montre dans la poche, cela s'avéra impossible. Rien d'autre ne me paraissait important. Et c'est ainsi que je me mis à penser à un autre conseil de Jo :

« *Si tu ne sais pas trop ce qu'il faut faire, dessine.* »

Alors, je me mis à la tâche. Je représentai tout ce que je connaissais du Cinq, du Six et du Sept dans mon carnet.

Pour le Cinq, je crayonnai une grosse tête en pierre, entourée de fumée de couleur sable, sans oublier la personne à petites jambes frêles que j'imaginais à l'intérieur.

Je représentai ensuite le paysan du Six, tenant sa pomme géante devant la ferme en boîte d'allumettes. Tous les personnages des illustrations de *La Treizième Heure* étaient-ils des veilleurs, comme la fillette sur la balançoire ? Ce brave papy avait pourtant l'air tellement gentil. J'avais du mal à croire qu'il puisse être un monstre.

Et pourtant, la mignonne petite princesse en était un.

Enfin, je dessinai la femme du Sept, couverte de métal de la tête aux pieds : bijoux, gamelles en tous genres, poignées de porte. Comme collés sur son corps. Selon le livre, elle attirait les métaux tel un aimant. Je distinguais à peine son visage au travers de la masse d'or, de bronze et de fer. Une fumée argentée faisait scintiller le tout.

Juste au moment où je finissais un croquis de l'immense bâtiment métallique qui se trouvait derrière cette femme, la cloche sonna. Je balançai aussitôt mon bloc dans mon sac, et j'étais déjà en train de me lever quand Mme Lee agita les bras.

– Un instant ! Un instant, s'il vous plaît !

Tout le monde se rassit en grognant.

– J'ai une mauvaise nouvelle à vous annoncer.

Toute la classe se tut.

– Vous l'avez peut-être remarqué, nos chers Jeremiah et Fallon sont absents aujourd'hui.

Je levai les yeux. Je n'avais même pas vu que la chaise de Fallon était inoccupée aussi.

– On m'a informée que Jeremiah allait être malade pendant assez longtemps. Je pense que demain, nous devrions prendre le temps de lui écrire des cartes pour lui souhaiter un bon rétablissement, d'accord ?

Tous les élèves acquiescèrent en hochant la tête.

– Très bien, vous pouvez y aller, maintenant.

Et tout le monde se leva d'un coup, dans un brouhaha général. Je n'entendais pas ce que disait chacun, mais je suppose que tous parlaient de ce qui était arrivé à Jeremiah.

Si vous saviez.

Alejandro et moi nous retrouvâmes à l'église à midi. Ne pouvant lui parler de la montre (règle n° 1), j'eus recours à un petit stratagème :

– Alors, tu veux toujours créer un jeu avec moi ?

– Absolument ! dit-il un petit peu trop fort, ce qui fit résonner l'écho de sa voix jusque dans le clocher. Comment veux-tu qu'on procède ?

Je gloussai nerveusement avant de sortir mon bloc.

– C'est marrant que tu poses la question. En fait, j'ai déjà une idée, mais j'ai besoin de ton aide en ce qui concerne la... euh, la *jouabilité*.

Je lui expliquai que le principe consistait à voyager dans un monde où les pouvoirs des personnages changent quand ils passent d'un royaume à un autre.

– Mais je ne sais pas comment vaincre les chefs de ces royaumes, tu vois ?

– Je peux t'aider ! dit-il avec empressement en renversant son chocolat au lait.

Je lui montrai les dessins que j'avais faits, et lui exposai l'ensemble de mes connaissances au sujet du Cinq, du Six et du Sept.

– Et tout ce que je peux faire en tant que joueur, c'est demander aux chefs de faire sortir leur fumée magique par leurs oreilles ? demanda-t-il.

– Ou les amener à en utiliser assez pour pouvoir leur en voler. Quand ils en expulsent de grandes quantités, je suppose que ça doit former une sorte de nuage.

– Mmm. Les nuages, ça ne va pas être facile sur le plan graphique. Mais en ce qui concerne le fermier, je pense que je me procurerais une immense paille de blé et que je me débrouillerais pour l'allonger encore plus. Comme ça, je pourrais lui chatouiller le nez de loin jusqu'à ce qu'il éternue. Atchoum ! Sa fumée magique volerait dans tous les sens !

Je grimaçai en imaginant combien un éternuement de veilleur devait être répugnant, mais j'opinai néanmoins du chef en notant la proposition d'Alejandro dans mon bloc.

– Bien, bien.

– En ce qui concerne la femme aimantée, je pense que je me contenterais de lui lancer toujours plus d'objets métalliques dessus, au point qu'elle en reçoive plusieurs en pleine face. À un moment, elle serait bien obligée d'avoir recours à un max de fumée magique.

Ce n'est pas une mauvaise idée. Il faudrait juste que je trouve assez de métal.

– Et c'est quoi, la donne, avec le costaud, là ? me demanda Alejandro en prenant un dessin du Cinq. Cette grosse tête en pierre est-elle creuse ? Le type est-il aplati en dessous ? À moins que ce ne soit son vrai visage ?

– Euh..., fis-je en tapotant mon crayon, le temps d'essayer de me rappeler ce que disait le livre. Je ne sais plus très bien.

– Bon, dans ce cas, il n'y a qu'une seule possibilité.

– C'est-à-dire ?

Il haussa les épaules.

– Le frapper très fort, jusqu'à ce qu'il éclate.

Ah ! J'en frissonnai. Je n'avais aucune envie d'essayer ça.

–Où as-tu trouvé toutes ces idées ? me demanda-t-il en examinant mes dessins de près. Elles paraissent si réelles.

–Euh… dans mes rêves, la plupart du temps. Dans mon sommeil.

–C'est hyper cool ! J'adorerais pouvoir faire ça. Je ne me souviens jamais de mes rêves.

Après un moment où il parut un peu triste, Alejandro se ressaisit :

–Et tu voudrais commencer à le créer quand, ce jeu ?

–À vrai dire, je me demandais si on pourrait se retrouver ici vers 5 heures.

–Tu veux dire 5 heures du matin ou 17 heures ?

Avant que je n'aie eu le temps de lui demander qui diable pouvait bien être debout à 5 heures du matin, il poursuivit :

–Parce que je suis libre à 5 heures demain, mais aujourd'hui, je vais à mon club de programmation de 16 à 18 heures.

–Euh… tu es souvent debout à 5 heures du mat, toi ?

–Oui, ma mère me dépose toujours très tôt le matin sur le chemin de son travail. Je viens ici faire mes devoirs, jouer à des jeux et tout ça, avant le début des cours. Mais tu es la bienvenue aussi, hein !

Je grimaçai. Je ne pensais pas m'être jamais levée aussi tôt. Mais je me souvins de ce qui arriverait si je n'avais personne pour me réveiller pendant mes expéditions dans le monde de la montre.

Plus que quelques jours pour sauver Jeremiah…

–OK, ça marche.

L'INVITATION

APRÈS AVOIR AVALÉ MON GRATIN EN TROIS BOUCHÉES, JE FIS TOUS MES DEVOIRS, DONT UNE DISSERTATION, EN UNE HEURE. Puis, après avoir persuadé ma mère de m'emmener au club de développement de jeux vidéo du collège à 5 heures du matin, je m'installai devant son ordinateur portable pour chercher l'inspiration dans diverses compilations de scènes de films d'action.

Depuis que j'avais effectué mes planifications, j'avais l'impression qu'un bouton avait été enclenché et que mon sang était devenu plus chaud. Je m'étais préparée à tout…

–Rosemary ? Tu es là ?

… sauf à ça.

Je laissai tomber le manche à balai dont je me servais pour copier les combats de *Rambo III,* et passai la tête à la porte de ma chambre.

–Papa ? fis-je en m'avançant dans le couloir.

Que faisait-il ici ? D'habitude, il ne mettait jamais les pieds chez ma mère.

Une réponse fantastique au possible me vint à l'esprit : *Peut-être qu'il a retrouvé Jo.*

Je me précipitai dans le salon. Jo allait m'aider à sauver Jeremiah, elle saurait exactement quoi faire.

Mais dès l'instant où je vis l'expression triste et épuisée de mes parents, assis sur le canapé, je compris que les nouvelles n'étaient pas bonnes.

– Oh, Rosemary !

Wes se leva d'un coup et se dirigea vers moi d'un pas décidé. J'eus un mouvement de recul, mais il me prit dans ses bras. Je ne savais pas quoi faire des miens. D'ordinaire, mon père ne faisait jamais ça.

– Nous ne l'avons toujours pas trouvée, dit-il en me relâchant. Je suis à court d'idées.

Par-dessus son épaule, je jetai un œil à ma mère, qui haussa les épaules, visiblement aussi stupéfaite que moi par la tenue négligée de mon père. Normalement, ses cheveux étaient toujours impeccablement coiffés en arrière, et il ne portait que des costumes repassés avec soin. Là, il était en pantalon de jogging, bon sang de bois ! C'était la première fois que je voyais Wes Marks en vêtements dénués de boutons !

– Mais j'ai aussi de bonnes nouvelles, poursuivit-il en me raccompagnant vers le canapé. J'ai réussi à me procurer des images vidéo prouvant que Joanne a mis une lettre à la boîte qui se trouve devant l'hôpital, le jour où elle a disparu. Tu n'aurais rien reçu, par hasard ?

Je secouai la tête. *J'aurais bien voulu.* Mais c'était quand même bien de savoir que Jo était toujours quelque part dans le coin.

–Bon, tant pis, j'avais juste espéré, soupira-t-il, l'air de nouveau triste et épuisé. Aujourd'hui, j'ai fait tout le tour de la ville en voiture. Je suis allé aux endroits où elle avait l'habitude de traîner. Demain, je vais à Globe.

Il me regarda, hésitant.

–Tu veux venir avec moi ? On pourrait la chercher ensemble ?

Mes yeux s'écarquillèrent. Je n'aurais jamais cru que mon père me demanderait un jour de passer du temps avec lui alors qu'il n'y était pas obligé. Que se passait-il ?

Il prit ma petite main dans ses deux grosses mains, qui étaient douces, ce que je n'aurais jamais cru non plus.

–J'étais dur avec Joanne parce que je voulais qu'elle soit heureuse. Mais quand elle a refusé de me voir à l'hôpital puis qu'elle a disparu sans un mot, j'ai compris que…

Wes poussa un gros soupir.

–… j'ai compris que c'était une erreur. Je pense même que j'en ai commis pas mal.

Je ne savais pas du tout quoi dire. Que mon père soit aussi chaleureux et vulnérable me faisait tout drôle.

–Alors, qu'est-ce que tu réponds ? Tu veux bien m'aider à la chercher ?

J'avais envie de dire oui. Quand j'étais plus jeune, je rêvais constamment qu'il me demande de venir en vacances, de passer le voir au travail ou de dormir chez lui… Mais là, je ne pouvais pas partir maintenant.

–Je ne peux pas, finis-je par dire.

Il hocha la tête, sans tout à fait réussir à cacher sa déception.

–Elle a cours, intervint maman avec un sourire trop grand pour être honnête. Elle vient juste de s'inscrire au club de développement de jeux vidéo.

–Oh ! fit mon père, dont le visage s'illumina aussitôt. Le développement de jeux vidéo ? Mais ça s'apparente à de la programmation, ça, non ? Ça pourrait te servir pour la fac.

Je grimaçai. Je détestais l'entendre m'expliquer en quoi mes loisirs me seraient utiles ou non à l'université. Il sembla s'en apercevoir.

–Ça a l'air sympa, je veux dire.

Quand je retournai m'exercer au combat avec mon balai, Wes resta encore discuter un moment avec maman.

En tout cas, entre son comportement et les dernières nouvelles de Jo, j'avais un peu de mal à me concentrer.

À 22 heures, mon alarme sonna. Le moment de la phase suivante était arrivé.

Je me couchai dans mon lit. La montre baignait dans une faible lumière tamisée. En visualisant les tournesols géants du Dix, je me demandai s'il se pourrait qu'il s'agisse des veilleurs de ce royaume.

Vais-je vraiment être un renard, là-bas ? C'était ce que pensait Jo, en tout cas.

Les aiguilles tournaient, et mes paupières s'alourdissaient.

LE DIX

APRÈS CE QUI ME PARUT UNE SECONDE, JE SENTIS QUE QUELQUE CHOSE ME TAPAIT SUR LA TÊTE.

En me redressant sur les fesses, je m'aperçus qu'il s'agissait d'un brin d'herbe géant, à peu près aussi haut que moi, et de la largeur d'une porte.

Ce n'était pas tout à fait à ça que je m'attendais en m'entraînant au combat. Je me levai en grommelant. Je n'arrivais pas à voir ce qu'il y avait au-delà de toutes ces tiges vertes agitées. Étaient-elles immenses, ou étais-je minuscule ?

J'eus la réponse en voyant mes pieds, car ils n'avaient pas *du tout* leur aspect habituel. Ils étaient gros, noirs et *velus*. Je portais toujours mon pyjama, mais sur un pelage marron avec une bande blanche sur le ventre. Je sentais aussi que j'avais deux oreilles pointues sur ma tête.

Se pouvait-il que je sois vraiment un renard ?

Non, parce que je me tenais sur mes pattes arrière. Je ne pensais pas que les renards pouvaient faire ça.

J'observai mieux mes pattes et mes genoux.

Je suis peut-être un kangourou ?

Je fis quelques tentatives de bonds, mais l'expérience ne s'avéra pas très concluante.

Que suis-je ? Oublions cette question tout de suite. Qu'est-ce que ça peut bien faire ?

Il fallait que je trouve le veilleur ; je n'avais pas de temps à perdre.

– Coucou ? appelai-je en avançant timidement de quelques pas.

– Regarde bien où tu mets les pieds, gamine ! On ne sait jamais sur qui on peut marcher.

La petite voix en provenance du sol était faible, mais perçante. Je reculai un peu.

Dans ce monde animal, ç'aurait pu être n'importe quoi.

– Qui êtes-vous ? demandai-je en m'efforçant de cacher ma peur.

Je vis alors une bande d'herbe commencer à s'aplatir devant moi. Les brins se couchaient comme si un tracteur invisible était en train de les écraser en avançant dans ma direction. Je tendis l'oreille à l'affût de bruits de pas, mais n'entendis qu'un son de frottement. Quoi que puisse être cette créature, elle n'avait pas de pieds.

Qu'est-ce qui rampait sur le sol ? L'image d'un grand serpent me vint aussitôt à l'esprit, mais ce fut là qu'une voix retentit :

– Ce serait plutôt à moi de te demander ce que tu fais chez moi !

Une nouvelle bande d'herbe s'abaissa, révélant l'intrus : un escargot dont la tête arrivait à la hauteur de mon ventre.

Même si j'avais déjà rencontré plus bizarre qu'un énorme escargot parlant dans les royaumes de la montre, ça faisait tout de même drôle de voir ses petits yeux noirs s'agiter au bout des tentacules qui sortaient de sa tête humide.

Comme je reculai un peu, les tentacules s'étirèrent vers moi.

– Qui es-tu ?

– Je m'appelle R… Rosemary, bafouillai-je en essayant de me ressaisir, et en faisant un pas hésitant vers lui.

Je ressentais le besoin de prouver mon courage. Avoir peur d'un escargot, ce serait franchement trop la honte.

– C'est étrange. Tu ne ressembles pas à une rose, tu ressembles à un écureuil.

– Un écureuil ?

Je me penchai en avant pour tenter de voir mon reflet sur sa coquille couverte de bave visqueuse.

Ça alors, je suis réellement un écureuil.

– Les Rosemary ne mangent pas d'escargots, si ?

– Non, répondis-je rapidement.

Pour le cas où les gastéropodes liraient dans les pensées, je m'empressai de chasser de ma mémoire que j'avais été obligée d'en avaler pour le mariage de Wes et Cindy.

L'escargot tendit la tête vers moi et posa sa bouche sur mon bras velu, ce qui me fit l'effet d'une ventouse ronde aspirant ma peau. Mais il abandonna très vite.

– Ah !

J'en étais tombée en arrière, le cœur battant à cent à l'heure.

– Apparemment, les escargots ne mangent pas les Rosemary non plus. Quel dommage…

Il entoura un brin d'herbe de son long cou, puis en grignota un morceau avant de me regarder.

– Pour me rincer le palais, expliqua-t-il avant de se mettre à glisser en rond autour de moi. Quoi qu'il en soit, Rosemary, ne reste pas chez moi. Tout ce que ma bave touche m'appartient.

– Très bien, je vais vous laisser tranquille. Mais à une seule condition.

Il s'arrêta net, les yeux toujours en mouvement.

– Où est votre veilleur ?

Sa tête rentra dans sa coquille.

– Oh, non. La seule chose qui soit pire que les gros intrus poilus, c'est la veilleuse.

– S'il vous plaît, le suppliai-je, sachant que ma mère devait me réveiller tôt.

L'escargot commença à s'éloigner lentement. *Non, je ne peux pas le laisser partir !*

Je bondis à sa poursuite. Avec mes quatre pattes, j'étais beaucoup plus rapide que lui. Je sautai par-dessus lui et l'interceptai.

– Si vous ne me dites pas où la trouver, je vous *dévore*.

N'en ayant pas la moindre intention, je me sentis tout de même coupable en voyant son regard horrifié. Mais il fallait absolument que je trouve la veilleuse.

– Bien. Je vais t'amener au mur. C'est là qu'elle vit. Mais je ne resterai pas avec toi.

Je le suivis, prudemment, me méfiant d'éventuels pièges, jusqu'à ce que le champ laisse place à une clairière qui me sembla très familière.

J'étais sûre de connaître cet endroit. Il ressemblait exactement à un tableau que Jo avait fait. J'en connaissais le moindre centimètre carré, depuis son sol couvert de terre sèche, parsemé de scintillants cailloux blancs, jusqu'aux formes indistinctes planant au-dessus de moi. Je levai la tête pour mieux les voir... et le regrettai aussitôt.

Alignés côte à côte, hauts comme des gratte-ciel, des tournesols au visage monstrueux avaient les yeux rivés sur moi. Et ils étaient tous courbés au-dessus de mon petit corps d'écureuil.

– Que sont ces choses ? demandai-je en les montrant du doigt.

– Argh ! fit l'escargot en retournant se cacher dans l'herbe. Ils sont le mur. Ils avalent toute la fumée qu'ils peuvent et deviennent toujours plus gros.

– *Ces tournesols* sont le mur ?!

En regardant de plus près, je constatai que les centres foncés des fleurs étaient effectivement des masses de fumée multicolore en train de tourbillonner.

– Oui, c'est bien ça. Mais sois vigilante. La reine n'aime pas quand les petits animaux s'approchent trop du mur. Elle patrouille toute la journée et, si elle te prend, elle t'enverra tout droit dans les fleurs.

Là, je remarquai que de grosses gouttes pleines de fumée sortaient du cœur des fleurs, comme une sorte de pollen.

Une de ces gouttes m'explosa au visage, ce qui me fit suffoquer et m'étourdit un peu.

– Méfie-toi, Rosemary ! Les fleurs vont t'avaler !

Je reculai suffisamment pour que les tournesols ne puissent plus m'atteindre, puis recouvrai mes esprits.

– Mais où est la v…

Dès que j'eus prononcé ces mots, un bourdonnement retentit.

– Cours ! m'avertit l'escargot.

Une abeille plus grosse que moi était en train de descendre du ciel. Elle avait des orbites vides et des ailes noires.

C'est la reine des abeilles, compris-je aussitôt, également consciente qu'elle m'avait repérée.

Je fonçai vers l'autre bout de la clairière aussi vite que mes quatre petites pattes me le permettaient. Je pris soudain conscience qu'en m'aidant à m'équilibrer, ma longue queue broussailleuse me rendait capable de bonds toujours plus rapides.

Le bourdonnement devint plus fort, et le ciel s'obscurcit.

L'abeille était juste au-dessus de moi.

Puis ses pattes agrippèrent mon dos, et elle m'emporta dans les airs. Impuissante, je me mis à hurler.

La reine m'emmenait vers les fleurs, qui me regardaient arriver avec impatience.

Je me contorsionnai pour tenter de mieux la voir.

– Où est sa fumée ? Il ne m'en faut qu'un tout petit peu.

D'aussi près, je réussis à distinguer des volutes de fumée nacrée dans la fourrure qui couvrait son corps arrondi.

J'essayai d'en attraper, mais elle disparaissait dès que ma patte arrière la touchait. Il n'y en avait pas assez.

L'abeille commença alors à faire du surplace au-dessus d'un tournesol grand ouvert, prêt à ne faire qu'une bouchée de moi. Elle n'allait visiblement pas tarder à me laisser tomber dedans.

Je ne pouvais pas laisser cela arriver.

– *Qu'est-ce* que tu es ? me demanda-t-elle, un vibrato dans la voix.

– Ton pire cauchemar, lui répondis-je en me tortillant pour lui mordre une patte, en pensant à Rambo.

Son bourdonnement devint alors un sifflement, et elle me lâcha. Prenant aussitôt appui sur son corps, je m'arquai et me propulsai loin de la fleur. J'atterris juste au pied de sa longue tige.

En relevant la tête, je vis la reine aller d'un tournesol à l'autre pour butiner leur pouvoir tout en me poursuivant. Sa fourrure se chargeait de plus en plus de pollen de fumée nacrée.

Plus elle en prenait, plus elle volait vite.

Parfait !

Je m'arrêtai pour sortir la boule de ma poche. Puis je coinçai la chaîne entre mes dents, et grimpai le long d'une tige en une seconde, directement jusqu'à l'abeille.

J'entendis son bourdonnement contrarié, et la vis sortir à la fois ses pattes et un dard ressemblant à un couteau. C'était effrayant, mais pas assez pour me décourager.

Je me mis à sauter de fleur en fleur, assez vite pour qu'elles n'aient pas le temps de se refermer. La reine s'élança derrière moi tout en continuant à collecter du pollen.

Quand cela me sembla suffisant, j'attendis un instant, puis bondis aussi haut que possible.

Mieux vaudrait que ça marche.

La reine hurla quand je lui atterris sur le dos, puis se mit aussitôt à faire des zigzags pour tenter de m'en faire tomber.

Dès que j'ouvris la boule, la chaîne entre les dents, celle-ci aspira une grosse bouffée de pollen de fumée sur les poils de l'insecte, et étincela aussitôt d'énergie nacrée.

J'ai réussi.

– Grrr !

La veilleuse me projeta en arrière, et je m'écrasai lamentablement par terre.

Peu après, je l'entendis s'approcher, mais j'étais trop sonnée pour me relever.

Je tentai de ramper, mais j'étais trop lente. La reine me fonçait dessus en piqué.

À peine une seconde avant qu'elle puisse m'agripper ou m'atteindre avec son dard, quelque chose m'attrapa par la peau du cou et m'entraîna vers l'avant. Très vite et au ras du sol.

Je criai de surprise.

Mais qu'est-ce que c'est que ça ?

La créature marmonna bien quelque chose, mais vu qu'elle me tenait dans sa gueule, c'était inintelligible.

Pendant qu'elle me traînait, je m'aperçus que l'abeille se rapprochait.

Mon sauveur s'enfonça dans les hautes herbes, puis s'arrêta net, haletant, à l'abri des regards.

Quand je me décidai enfin à pointer le nez dehors, je vis la reine faire du surplace un moment puis partir nous chercher ailleurs.

La créature à qui je devais mon salut s'éclipsa aussitôt. J'aurais voulu lui dire merci, mais elle était déjà en train de courir dans les hautes herbes quand je repris mes esprits.

– Attendez ! murmurai-je en commençant à la suivre.

J'aperçus un pelage orange.

Un pelage orange ? Était-ce possible ?

– Stop ! lançai-je, assez fort cette fois. Jo ? C'est toi ?

Tout mon corps tremblait.

– Oh non, pas déjà !

Cette fois, j'en étais sûre, j'étais en train de me réveiller.

– Jo !

Puis on me secoua, et on me secoua encore.

Pas moyen d'y échapper.

LA PREMIÈRE ET DERNIÈRE RÉUNION DU CLUB DE DÉVELOPPEMENT DE JEUX VIDÉO

Quelqu'un était en train de me secouer par l'épaule. Je n'avais pas envie d'ouvrir les yeux, car je m'accrochais encore à l'espoir de voir la créature qui m'avait sauvée.

Ce ne peut être que Jo, non ? Pour quelle raison un inconnu m'aurait-il tirée des griffes de la veilleuse comme ça ?

– Allez, Rose ! C'est *toi* qui as demandé à être réveillée à cette heure stupidement matinale !

Sentant la montre dans ma main, je la serrai fort entre mes doigts. *Au moins, j'ai conquis un royaume de plus. Quand toutes ces étrangetés seront terminées, je pourrai peut-être retourner au Dix et identifier cet animal orange.*

Je me mis à cligner des yeux.

– Ah, tu es réveillée… Ouf ! fit maman, en écartant d'un souffle les mèches qui tombaient sur son visage. Je te donne quinze minutes. Nous sommes déjà en retard.

Je m'assis aussitôt.

– En retard ? Quelle heure est-il ?

– Cinq heures quinze. Dépêche-toi.

J'entrai en titubant dans l'église. Chemisier devant derrière, tennis dépareillées et dégaine de tortue à cause du sac à dos trop plein.

Vu que nous n'avions que jusqu'au lendemain pour faire cinq mondes de plus, je n'avais pas pu me préparer correctement.

Essoufflée, je m'arrêtai face à Alejandro, couché sur un banc avec sa tablette.

– Ah, te voilà !

– Je suis en retard.

Il haussa les épaules et posa sa tablette sur le côté en souriant.

– Nous avons encore beaucoup de temps.

Je jetai un œil à l'écran. Il était déjà 5 h 40. *Non, pas du tout.*

– Alors, tu veux qu'on fasse quoi, maintenant ? demanda-t-il. Un dessin pour la jaquette ? Chercher un titre ?

J'aurais aimé lui expliquer combien j'étais désespérée et à quel point nous devions agir vite, mais cela n'aurait fait que compliquer les choses. Je pris une profonde inspiration, me préparant à continuer à mentir.

– Je veux faire un… brainstorming, dis-je.

– Ah ! Genre, discuter, quoi ?

– En fait, j'ai besoin de rêver mon… brainstorming.

– Donc, tu es venue ici pour…

Il pencha la tête de côté.

–… pour dormir ?

–Oui, grimaçai-je.

Après un bref silence, il éclata de rire.

–T'inquiète, je comprends. Moi aussi, je suis fatigué.

Il nous fallut cinq minutes pour installer un lit de fortune sous un des bancs. J'avais fourré un oreiller et une couverture dans mon sac. Tout était au point avec Alejandro. J'allais dormir sous le banc. Puis, quand il m'entendrait appeler son nom, il frapperait sur le banc en bois pour me réveiller.

Ensuite, je lui raconterais tous les détails qu'il aurait besoin de connaître pour développer le jeu, je me rendormirais et on recommencerait tout le processus.

–Tu es prêt ? lançai-je en jetant une nouvelle fois un œil à l'heure sur sa tablette : 5 h 52.

–C'est sûrement la chose la plus bizarre qu'on m'ait jamais demandée, sourit-il. Mais j'aime bien ce qui est bizarre. C'est parti !

–Top départ, le saluai-je en me laissant glisser sous le banc.

Bien bordée dans la pénombre, je sentis la peur s'installer. Il était déjà si tard… Et si je n'arrivais pas à m'endormir ?

L'adrénaline fusait tellement dans tout mon corps que ma peau en vibrait. S'il ne se passait pas un maximum de choses aujourd'hui, Jeremiah serait fichu.

C'est trop de stress ! Je ne vais jamais m'endormir.

Je sortis la montre. 5 h 54.

Six minutes.

Comme chaque fois, regarder tourner les aiguilles me détendait, mais je n'arrivais tout de même pas à chasser ma peur. Je décidai donc de me concentrer sur le mouvement rapide de la trotteuse, tout en écoutant gratter le crayon d'Alejandro qui faisait ses devoirs.

5 h 58.

Tandis que la chaleur de la montre, contre ma poitrine, se répandait en moi, je m'imaginais que la grosse tête en pierre dans son champ tout vert se trouvait ici.

Alejandro n'écrivait plus. Ce que j'entendais, c'était le bruit de rochers qui se frottaient les uns aux autres.

Mes orteils ne touchaient plus les franges de la couverture, mais de l'herbe souple et sèche.

Ça ne sentait plus ni le bois ni le béton.

Ça sentait la terre et la pierre.

LE CINQ

En ouvrant les yeux, je ne me trouvais plus sous mon banc, mais dans l'ombre de quelque chose de gigantesque.

Me levant aussitôt, je découvris que le quelque-chose-de-gigantesque en question *courait droit sur moi.*

Réprimant un cri, je roulai sur le côté. La seconde d'après, une tête en pierre grise de la taille d'un camion se jeta pile à l'endroit que je venais de quitter. Puis elle se remit debout dans un halo de fumée couleur sable.

En regardant alentour, je m'aperçus qu'il y avait tout un champ de ces têtes. Certaines blanches, d'autres grises, un peu comme sur un immense damier.

–Fais tomber son bloc ! fit une voix grave et enjouée venant du haut. Fais tomber son bloc ! Fais tomber son bloc !

Ces cris émanaient d'un homme chauve, assis au sommet de l'une des têtes blanches en pierre. De petites jambes dépassaient en dessous, exactement comme sur l'illustration du livre.

En diagonale par rapport à moi, la pierre qui courait se précipita contre une autre.

Un grand bruit de craquement retentit. Un des rochers blancs se cassa en deux moitiés creuses, libérant ainsi une femme d'aspect ordinaire. Celle-ci se pencha pour ramasser des débris et les charger sur ses épaules.

– Oh ! s'écria le vieil homme en bondissant sur ses pieds, faisant ainsi basculer la tête de pierre sur laquelle il se trouvait. Gardes, emmenez-la au mur !

– Non, par pitié, supplia la femme tandis que deux têtes en pierre l'agrippaient chacune d'un côté et l'entraînaient hors de ma vue.

Toutes les têtes de pierre restèrent silencieuses, mais le vieil homme poussa de nouveau des cris de joie et lança :

– Les perdants sont des faibles, et les faibles se font manger par le mur, pas vrai ?

Aucune tête ne répondit, mais cela ne l'empêcha pas de continuer à glousser.

– Rien de tel qu'une bonne partie de dames !

Quand il se baissa en riant, j'entraperçus le scintillement d'une couronne sur sa tête.

C'est le roi. C'est lui, le veilleur.

Je devais agir vite, car il fallait que je sois réveillée avant 7 heures.

– Maintenant, c'est mon tour !

L'homme tapa du pied sur son rocher, qui se mit alors à crapahuter en direction d'une tête grise chancelante.

En l'atteignant, le vieil homme ricana et bondit avec tant de puissance que des nuages de fumée brune se soulevèrent sous ses pieds. Il atterrit sur la pierre grise, la fendant en deux d'un seul coup, révélant un garçonnet tremblant.

La tête en pierre blanche se pencha de sorte que le roi puisse remonter dessus.

–J'ai gagné ! Gardes !

Deux rochers se saisirent de l'enfant en pleurs.

Le roi s'esclaffa une fois de plus.

–Qui d'autre veut tenter de me battre ?

Dans un soudain accès de bravoure dont je m'ignorais capable, je bondis hors de ma cachette.

–Moi ?...

–Qui ? demanda le veilleur en me cherchant du regard hors de son terrain. Je ne vous vois pas.

Je m'approchai en courant. Alors que mes pieds rebondissaient sur le sol, je sentis mes jambes devenir plus puissantes que d'habitude. En baissant les yeux, je constatai que plus j'appuyais fort, plus des volutes de fumée brune fuyaient de mes chaussures.

–Où est sa tête ? s'écria le veilleur. C'est de la triche ! Hormis le roi, tout le monde doit porter une tête ! Ce n'est pas juste !

Il me montra du doigt.

–Emparez-vous d'elle !

Deux énormes pierres se détachèrent du damier pour s'avancer lourdement vers moi.

Il fallait que je fasse quelque chose. Je n'avais pas le temps de m'occuper des gardes. Je devais affronter directement le veilleur.

–*Balance-leur un bon coup de masse*, me murmura l'Alejandro imaginaire qui vivait dans ma tête.

Mais je n'avais pas de masse. Cependant, peut-être qu'ici, mes poings pouvaient suffire. Je sentais la puissance y circuler et je me mis donc en position Jackie Chan, genoux fléchis, prête au combat.

–J'ai ça, chuchotai-je.

Dès que le premier garde fut à ma portée, je profitai de ma récente force exceptionnelle pour l'envoyer voler d'un coup de pied. Un nuage de fumée apparut derrière moi quand je rebondis sur le visage de pierre.

–Pourquoi sa fumée est-elle de cette couleur ? Attrapez cette enfant ! Attrapez-la ! hurla le roi.

Zigzaguant entre les têtes, j'esquivai tous les bras qui cherchaient à me capturer en sautant par-dessus.

Lors de mon dernier bond, je parvins à faire tomber, le bras d'un garde et à grimper au sommet de sa tête plate. Il se secoua de gauche à droite pour me faire tomber mais, grâce à la force de mes doigts, je parvins à rester en place.

J'entendais les petits bruits de surprise et d'émotion des autres pièces du jeu. Après m'être lentement levée, je me tins en équilibre sur la tête de pierre comme sur une planche de surf.

Le roi grogna.

–Bande de perdants ! Vous êtes des *mauviettes*. Faut-il que je fasse *tout* moi-même ?

Il s'avança vers moi.

–Sur la fille !

Tandis que son rocher avançait, je me mis à sauter de tête en tête jusqu'à la dernière rangée.

– Dame ! m'écriai-je.

J'espérais ainsi faire descendre le roi de son perchoir. Il me semblait que j'aurais plus de chances de mener ma mission à bien au sol que sur une tête géante.

– D'accord, j'arrive, ricana le veilleur.

Il sauta directement par terre, et s'approcha d'un pas décidé.

– Tu crois que tu peux gagner contre moi, *petite fille* ?

Plus il était près, plus je pensais le contraire. Je ne pouvais pas gagner contre ce grand bonhomme aux orbites vides, avec ses bouffées de fumée qui lui sortaient de partout. Je savais à peine utiliser mes pouvoirs ici.

– Non, je ne crois pas, répondis-je honnêtement.

– Dans ce cas, pourquoi me défies-tu ? ricana-t-il, ses longues dents perçant sa barbe blanche.

Puis il m'agrippa le cou, et me plaqua contre la tête en pierre qui se trouvait derrière moi.

Comme je résistais de toutes mes forces, il enserra ma gorge d'un nuage de son pouvoir magique.

– Parce que je n'ai pas besoin de vous vaincre pour gagner, murmurai-je, la trachée écrasée.

Je plongeai alors la boule dans le nuage, et elle absorba toute la fumée qui entourait mon cou.

– Qu'est-ce que… ! s'écria-t-il en me relâchant pour tenter de me voler la boule.

Dès que sa main ne fut plus sur moi, je me mis à hurler aussi fort que possible :

– Alejandro !

Boum !

De la fumée m'enveloppa alors que je hurlais de nouveau.

– Alejandro !

Le veilleur se bouchait les oreilles.

Boum !

J'entendis une tête en pierre éclater derrière moi.

Boum !

Je me réveillai d'un coup, en prenant une grande bouffée d'air. Alejandro était encore en train de cogner sur le banc au-dessus de moi, ce qui le faisait vibrer d'un bout à l'autre.

– Ça va, là-dessous, Rose ? Des nouvelles du pays des songes ?

– Oui, coassai-je, encore tout embrumée. De grosses têtes en pierre. Blanches et grises. Le roi les fait jouer aux dames. Les perdants sont tués.

– Et tu as découvert si les jambes appartenaient directement aux têtes, à des gens qui sont à l'intérieur ou à des porteurs courbés en dessous ?

– À des gens à l'intérieur des têtes.

– Parfait. C'est tout ce que nous avions besoin de savoir. Merci, Rose !

– Tu as tout compris, dis-je en retapant mon oreiller pour me préparer à la bataille suivante. Quelle heure est-il ?

– Euh… 6 h 18.

Je n'étais pas restée là-bas trop longtemps. Bien.

–J'y retourne, annonçai-je en tendant ma couverture sur moi.

–Bonne chance, me dit Alejandro en riant.

Si tu savais.

J'ouvris la montre. Comment était le Six, déjà ? me demandai-je, les yeux déjà à moitié fermés. *Ah oui, la pomme. Roussette.*

Je souris en pensant à elle, et avant même de m'en apercevoir… j'étais repartie.

LE SIX

— Allons bon ! C'est quoi, ce truc ?

Une vague d'odeur terreuse me parvint aux narines. En levant les yeux, je découvris le fermier de l'illustration, qui ne lui était pas tout à fait identique non plus. Celui-ci avait des joues creuses, des os saillants, des trous en guise d'yeux et de longues dents cariées.

– Tu viens d'apparaît' de nulle part !

Dès qu'il eut prononcé ces mots, il commença à luire d'une aura de fumée rouge. Mais avant que j'aie eu le temps d'en remplir ma boule à fumée et de déguerpir, il se mit à grandir jusqu'à devenir haut comme une maison.

– Ça doit vouloir dire que t'es pas d'ici, hein ? J'avais encore jamais vu quelqu'un dans ton genre. Comment qu't'es arrivée dans le coin ?

Avec ses mains charnues, il me souleva afin que je voie la pommeraie dans laquelle nous nous trouvions, et les centaines de personnes minuscules qui y récoltaient des fruits géants. Tout autour, le mur faisait office de clôture.

Nous sommes si près du but… Il faut que je reparte.

– C'est l'moment que j'te fasse découvrir le mur, étrangère.

J'essayai de repenser au conseil d'Alejandro : sers-toi d'une paille de blé pour le faire éternuer.

Hélas, il n'y avait pas de blé dans les parages. Rien que des pommes. Et nous nous approchions de plus en plus du mur.

Mais j'eus une idée.

Je ne savais pas comment rétrécir, mais je contractai tout mon corps à fond et l'imaginai. Je me visualisai en train de rapetisser de la même façon que j'avais l'habitude de me représenter mentalement ce que je voulais dessiner. Comme Jo me l'avait appris.

Je m'autopersuadais que c'était aussi réel que la sensation que j'éprouvais.

– Mais qu'est-ce que c'est qu'ça, *crévindieu* ?

– Oups !

J'avais réussi à rétrécir et, par conséquent, j'avais glissé entre les doigts du fermier.

Pendant que ses mains me cherchaient par terre, je remontai le long d'un de ses bras vers un objectif auquel je ne voulais même pas penser : son révoltant nez crochu.

– Où es-tu… ?

– Ha !

Je fonçai tout droit vers ses narines et m'accrochai à un long poil qui dépassait.

– Lâche-moi, sale petite rate ! fit-il en secouant la tête, puis il s'arrêta pour prendre une grande inspiration. At… *Et voilà !…* CHOUM !

Au même moment, je me fis suffisamment grandir pour pouvoir lui pincer le nez, et sa fumée rouge lui sortit donc par les oreilles.

Dès que mes pieds touchèrent le sol, je partis en courant vers le verger.

–Espèce de petite… !

À mesure que je courais, je continuais à reprendre ma taille normale…

Boum !

… tout en esquivant les gros pieds du géant…

Boum !

… et en hurlant constamment.

–Alejandro !

Boum !

–Je suis réveillée ! m'écriai-je, trempée de sueur. J'étais poursuivie par le fermier. Tu avais raison. Il a fallu que je le fasse éternuer.

–Ah ?

–Mais il n'y avait pas de blé. J'ai dû me rétrécir et me suspendre à l'un de ses poils de nez.

–Dégueu.

–J'en sais quelque chose. Quelle heure il est, maintenant ?

–Sept heures quatre.

–Parfait. Bonne nuit.

–Bonne nuit, répéta Alejandro en pouffant une fois de plus.

C'était devenu un vrai rythme. Je n'eus même pas à me préparer pour me rendre dans le royaume de la femme couverte de métal.

LE SEPT

– C'est la mienne ! La mienne ! La *mienne* !

Un affreux hurlement me fit ouvrir les yeux. Et ce fut une bonne chose, car j'étais en train de glisser sur un toboggan très abrupt.

– Argh !

Je réussis à m'agripper au rebord, ne tenant que par le bout de mes doigts. Je remarquai alors le mur d'énergie tumultueuse en contrebas.

En contrebas ?! Mais comment peut-il être en dessous ?

– Donne-moi ça, fit une voix sifflante venue d'en haut.

En levant les yeux, je vis un immense labyrinthe de pistes métalliques partant dans toutes les directions. Le corps couvert d'objets métalliques (des chaînes, des bagues, des couverts… et même une théière !), une femme marchait au-dessus de moi. On entendait bourdonner son énergie argentée, particulièrement autour de ses pieds, à chacun de ses pas.

Elle est sûrement aimantée à la piste.

En essayant d'aimanter mes propres pieds au toboggan métallique, je constatai que je tenais debout (ou latéralement, je suppose). Je suivis donc l'étrange femme.

Elle cherchait à rattraper une fillette qui s'enfuyait avec une poêle à frire sur le dos.

– C'est la mienne ! s'écria-t-elle en tendant la main.

La poêle vola alors toute seule jusqu'à elle, et s'ajouta au reste de sa carapace métallique.

– Tout est à moi.

– Je suis désolée, Votre Altesse, vous pouvez prendre tout ce que vous voulez, pleurnicha la fillette.

Mais c'était trop tard. La femme lui fit lâcher la rampe de métal en la tirant par le bras. L'enfant hurla.

Me trouvant sur la piste en dessous, je voyais briller la plante de leurs pieds argentés.

J'apercevais ainsi le sourire à longues dents de la femme.

Après avoir posé un premier pied timide sur la paroi de la piste du toboggan, j'entrepris de l'escalader à grands pas aimantés, sans le moindre geste ou bruit perceptibles.

Je plaçai ensuite ma boule de sorte qu'elle aspire l'énergie argentée des pieds de la femme.

Voilà, mission accomplie.

Je m'apprêtais à crier pour appeler Alejandro, quand la fillette se mit à hurler.

La reine la lâcha, et l'enfant partit tout droit vers le mur.

N'ayant aucune envie de voir quelqu'un d'autre se faire avaler, je tentai de la retenir au moment où elle passa devant moi.

Je n'y parvins pas, mais une vague de fumée brune s'échappa de ma main, enveloppa les siennes et la renvoya contre le métal. Aimantée.

Elle me fixa, essoufflée et aussi surprise que moi.

– Qui es-tu ? me cria la reine.

– Cours ! lançai-je à la petite.

Détachant aussitôt son corps du métal, elle se laissa tomber sur un rail inférieur.

Le visage de la reine pendait à l'envers par-dessus le bord de sa piste.

– À ton tour, maintenant !

Sa main griffue commença à défaire un à un les doigts par lesquels je me tenais à la paroi.

Boum !

Bizarre, me dis-je alors que je me sentais déjà partir.

Boum !

Je n'avais pas encore appelé Alejandro.

Boum !

– Rose ! Rose ! Allez !

Alejandro était en train de marteler le bois au-dessus de moi. Je chassai aussitôt mon rêve de mon esprit.

– Nous allons être en retard en cours.

Heureusement que j'avais réussi à avoir la fumée au dernier moment.

Nous quittâmes l'église *illico*. Je n'avais même pas eu le temps de mettre mon oreiller et ma couverture dans mon sac, mais ça ne faisait rien. Je ne pouvais pas m'empêcher de sourire à pleines dents. J'avais réussi. Trois royaumes en trois heures. Je me sentais courageuse, forte et utile. Maintenant, il ne restait plus que deux royaumes à visiter. Avec les illustrations du livre, les instructions de Jo et le soutien d'Alejandro, il me semblait que plus rien ne pourrait m'arrêter.

J'allais parvenir à sauver Jeremiah.

Tandis qu'Alejandro et moi nous précipitions en classe, je lui racontai tout sur mes rapides et salissantes aventures, et il me montra l'esquisse du jeu qu'il préparait en se basant sur mes rêves.

– C'est génial ! Ça va être une sorte de mélange entre *Warp Jump*, *Torch Throwers* et les éléments que tu apportes.

Effectivement, ça paraissait super bien.

Quand nous entrâmes dans le bâtiment, la première cloche venait juste de sonner, et nous dûmes dépasser des tas d'autres élèves en retard. Nous étions tellement occupés à discuter que je ne prêtais même pas attention à ceux qui me bousculaient.

– Non, il n'y a pas que tes mains qui sont plus puissantes, expliquai-je. C'est général. Tu peux courir plus vite parce que tes jambes sont plus puissantes. Tu peux crier plus fort parce que ta gorge est plus puissante…

– Euh… je ne crois pas que ça puisse s'appliquer aux cris, m'interrompit Alejandro.

– Qu'importe ! Tu vois ce que je veux dire… C'est toute ta personne. Tu deviens plus fort de partout.

– Ouais, c'est génial ! À ce niveau, on peut ajouter des doubles sauts afin de pouvoir aller plus haut, et peut-être qu'il pourrait y avoir un… *Aïe !*

Alejandro me percuta après avoir été bousculé. Je le rattrapai par l'épaule, tout en regardant la coupable passer à côté de nous à toute allure. C'était Samantha, sur le point de rejoindre une sautillante queue-de-cheval blonde. *Fallon.*

–Mais je ne comprends pas, demanda alors Samantha d'une voix pleurnicharde. Pourquoi tu es venue ?

Curieuse, je profitai que nous soyons tous en train d'entrer dans la classe pour tendre l'oreille.

–Je te l'ai déjà dit. Chez moi, je m'ennuie.

–Tu t'ennuies ? Tu te *permets* de t'ennuyer ?

Fallon ne répondit pas. Rien qu'à son ton, je savais que Samantha levait les yeux au ciel.

–Mais tu ne devrais pas plutôt être auprès de Jeremiah ?

Fallon la fixa un instant, prête à l'envoyer promener. Mais, grimaçant de chagrin contenu, elle se contenta de tourner les talons en répondant :

–J'avais juste envie de revenir au collège.

J'aurais vraiment aimé intervenir, mais je craignais que ça empire la situation. *Peut-être que certaines choses peuvent encore m'arrêter, finalement.*

–Je dis juste que si c'était *mon* frère, je serais avec lui.

Fallon continua de se taire, mais ce fut Alejandro qui prit la parole.

–Il est toujours facile de clamer qu'on ferait quelque chose quand on ignore ce que ça fait de le vivre en réalité.

Samantha s'arrêta de marcher, ce qui nous obligea à faire de même. À son expression, on aurait pu croire qu'elle venait de mordre dans un citron.

–Ça ne te regarde pas.

Alejandro haussa les épaules et imita sa façon de parler : « Je dis juste que… », puis il continua sérieusement :

–… j'ai eu pas mal de coups durs dans ma vie, des choses que je n'aurais jamais pu comprendre avant de les vivre.

–Ah, OK, lui cracha Samantha. Donc, ton frère est à l'hôpital, lui aussi ?

–Bien sûr que non, répondit-il.

Je restai près d'Alejandro, me sentant plus sûre de moi que d'habitude en sa présence. Assez confiante pour répondre à Samantha, en tout cas :

–Mais ça ne signifie pas que venir au collège fait d'elle une mauvaise sœur. En fait, je sais même que c'est une excellente sœur.

Fallon me regarda.

–Pourquoi je t'écouterais, de toute façon ? rétorqua Samantha. Tu n'as même pas d'amis.

–Moi, je suis son ami, la contredit Alejandro.

Je crus voir Fallon faire la moue, mais Samantha détourna mon attention en s'en prenant à Alejandro :

–Ah oui, *toi*. Je me souviens de toi.

–Hein ? interrogeai-je Alejandro du regard, espérant qu'il soit aussi perplexe que moi.

Mais au contraire, je le vis pâlir.

–Qu'est-ce que tu veux dire ? demanda Fallon.

–Tu ne te souviens pas de lui ? Alejandro Fuentes. Il était à la maternelle avec nous.

Vraiment ? Je ne me souviens pas de ça. Je le regardai de nouveau. *Il n'en avait jamais parlé.*

–Puis il a dû partir parce que sa maison avait brûlé. Ma mère m'a raconté toute l'histoire. Les médias ont dit que son père avait été gravement blessé.

– Ce n'est absolument pas vrai, répondis-je automatiquement.

– Pose-lui donc la question, répliqua Samantha en commençant à s'éloigner. Je n'ai de leçons à recevoir d'aucun d'entre vous.

Puis elle entra comme un ouragan dans la classe, pile au moment de la dernière sonnerie.

– Merci à vous deux, nous glissa Fallon d'une petite voix avant d'aller s'installer à sa place.

Je restai à l'entrée avec Alejandro. Nous étions en retard, mais ça m'était égal. Ce qui venait de se passer me donnait le tournis.

– C'est vrai ? lui demandai-je.

Il resta un moment silencieux, la tête baissée.

– Tu te souviens de… Tu te souviens de la fois où je t'ai raconté que j'étais né ici, mais que j'avais dû déménager après un accident ?

Ne sachant trop que répondre, je hochai la tête.

– Je ne l'ai absolument pas fait exprès. Mais nous avons quand même dû partir vivre chez des membres de la famille, afin qu'ils puissent s'occuper de mon père. Il a été très gravement brûlé.

Il leva les yeux vers moi.

– C'était un accident. Un terrible accident. Et il y en a eu beaucoup. Je suis juste…

Il soupira.

– Je suis juste très malchanceux.

– Ça va, dis-je. Je comprends.

Il redressa la tête.

– J'ai eu mon lot de malchance aussi, lui avouai-je. Et j'ai aussi fait quelques grosses erreurs.

L'image du visage blafard de Jeremiah hantait constamment mon esprit.

– Vraiment ? demanda-t-il à voix basse. Je ne t'effraie pas ?

– Tu t'es toujours montré très gentil envers moi, Alejandro. Plus sympa que n'importe qui d'autre. Aucun accident ne peut changer ça.

Il sourit. Mais avant qu'il n'ait le temps de dire autre chose, la tête chauve de M. Topinka apparut à la porte.

– Que faites-vous dehors ? Vous êtes en retard !

L'HEURE PERDUE

Après ça, cette journée de collège fut la meilleure que j'avais vécue depuis longtemps. Alejandro était mon tout premier véritable ami depuis des lustres et, après l'incident du couloir, il me semblait que nous étions encore plus à l'aise ensemble. Nous parlâmes de notre « jeu » toute la journée, et je me servis de nos idées pour préparer mes deux dernières expéditions. D'abord, le mystérieux Douze. Et, pour finir, le retour au Onze.

À la maison, je convainquis ma mère de me laisser télécharger un film avec des chevaliers et des combats à l'épée. Je me demandais si le château du Douze ressemblerait à celui du film.

Il faudrait peut-être que je me batte, là-bas ? Peut-être même en duel ?

C'était particulièrement effrayant, car je ne savais pas de quels pouvoirs je disposerais dans ce royaume précis. Je ne pouvais rien anticiper.

Et pourtant, j'avais si rapidement conquis les autres... Arriverais-je à le refaire ?

Je ne m'étais mise au lit qu'à minuit, totalement épuisée. Hélas, mon anxiété était telle que je n'avais toujours pas fermé l'œil quand ma mère passa me voir sans un bruit une demi-heure plus tard, avant d'aller se coucher.

Je me mis à regarder les aiguilles de la montre.

Je m'efforçai en même temps d'imaginer le château du pétale manquant.

Je me demandais aussi comment j'allais trouver le veilleur. Dans les autres royaumes, cela n'avait pas été trop difficile, car le fameux Amisi en avait représenté les rois et les reines dans le livre, et j'avais pu les visualiser avant de m'endormir.

Cependant, il était probable que le monarque du Douze se trouve dans sa demeure, non ? Mais si, c'était ça, bien sûr. Ce devait être la raison pour laquelle Jo ne m'avait pas laissé d'indice. C'était forcément censé être une évidence.

Je bâillai et roulai sur le côté.

J'étais sur le point d'y aller, et de voir le château. Un véritable château.

Je fermai les yeux et tins la montre contre ma poitrine. Son tic-tac battait au même rythme que mon cœur. Il n'en fallut pas plus.

LE DOUZE

J’avais imaginé un ciel de conte de fées, avec des nuages en coton et des oiseaux qui gazouillaient. Perdu.

Debout et immobile, j’en étais réduite à plisser les yeux pour tenter de distinguer quelque chose. Tout était sombre. Il n’y avait rien, ici. C’était une terre inoccupée. Un désert. Le ciel était rempli d’épais nuages de poussière d’un jaune écœurant. On ne voyait pratiquement pas au travers.

– Y a quelqu’un ? lançai-je.

Mais dans cette purée de pois, ma voix n’avait pratiquement aucune portée.

En commençant à explorer les lieux, je trébuchai sur un tas de briques usées par le temps.

Je m’accroupis pour les observer de plus près. Elles étaient du même jaune que ce qui flottait dans l’air. Et quand je fis glisser mon doigt sur l’une d’elles, elle se réduisit en poussière sur le sable du sol.

Cet endroit n'était plus qu'une ruine. Un site abandonné.

– Y a quelqu'un ? recommençai-je.

Il y a quelque chose qui ne va pas, me dis-je tout en continuant d'avancer à l'aveuglette dans la poussière.

Je tenais ma boule à fumée en l'air devant moi pour éclairer un peu mon chemin.

Ce n'est pas le Douze. Ça ne peut pas être ça. Où est le château ? Où sont les arbres ? Où sont les gens ?

Un affreux doute me retourna l'estomac. *J'ai dû m'endormir à la mauvaise heure.* Mais j'étais déjà allée dans tous les autres royaumes, et aucun ne ressemblait à ça.

Sentant des pierres lisses sous mes pieds, je me penchai pour balayer un peu le sable, et découvris alors que je me trouvais sur une voie pavée. Tout au bout, je distinguai une haute et imposante bâtisse, dont le toit et les murs s'étaient effondrés, comme si elle avait été mise à sac.

Mais il restait le pont-levis, et l'on ne pouvait que reconnaître les grands vitraux qui avaient survécu d'un côté, alors que les autres gisaient en mille morceaux sur le sol partout ailleurs.

C'était le château. Ou, du moins, ça l'avait été.

Non. C'était un subterfuge. C'en était forcément un.

J'empruntai le pont-levis qui menait à la grande porte. Tenant toujours ma boule à fumée en l'air pour pouvoir repérer les endroits où auraient dû se trouver des murs et des tours, je commençais à mieux comprendre la configuration des lieux.

Puis, au prix d'un gros effort, je franchis le seuil. Dans le pire des cas, le veilleur devait être encore vivant, non ?

Les veilleurs sont bien censés être éternels ! En tout cas, l'intérieur du château n'était guère différent de l'extérieur.

–Monsieur le roi ? Madame la reine ? appelai-je. Y a quelqu'un ?

J'attendis, mais n'obtins pas de réponse.

Peut-être… peut-être que si j'arrivais à identifier le pouvoir magique du royaume, je pourrais m'en servir pour trouver quelqu'un ?

Je tentai de dessiner sur le sol, de taper dans un mur, de faire grossir ou rétrécir une brique. J'essayai aussi de voler, de hurler… je tentai *tout* ce qui me passa par la tête. Rien ne fonctionna. Ici, j'étais juste quelqu'un de normal, et je détestais ça. Je ne savais plus quoi faire.

J'avais envie de baisser les bras. Je m'arrêtai.

Jo disait qu'au Trois, si on éprouvait de la tristesse ou de la colère, un feu s'allumait sous vos pieds et vous aspirait. Si on ne s'en libérait pas assez vite, on brûlait. La seule façon de s'en débarrasser était de chasser sa colère, ce qui est très difficile quand on est en train de se faire *assassiner par ses propres émotions.*

Chaque fois que je me plaignais de quelque chose, Jo me rappelait ceci : si tu laisses un problème te toucher, tu t'attireras forcément toutes sortes d'autres problèmes.

Je soupirai. Jamais je ne pourrais sauver Jeremiah si je ne trouvais pas le veilleur du Douze. C'était donc ce que je devais faire.

Sors du feu. J'étais déterminée à réussir.

Dès mon premier pas, je glissai sur quelque chose et tombai violemment sur le coccyx.

– Aïe !

La chute m'avait fait mal au dos, le stress me donnait mal à la tête et la poussière me faisait mal aux poumons.

Et alors ? Tu sais quoi ? Que le feu me dévore, tiens ! De toute façon, je suis la fille la plus malchanceuse du monde.

Juste après avoir pensé ça, ma peau me sembla bizarre. Chaude. Et en regardant, je découvris qu'une fumée scintillante émanait de mon corps tout entier.

Ma magie. Elle fonctionne !

Je me redressai, et vis qu'une fumée marron luisait ailleurs : sur la chose sur laquelle j'avais glissé.

Je m'en approchai à quatre pattes. C'était un portrait, me semblait-il… un grand portrait. Je devinai à peine un visage sous une épaisse couche de sable et de débris.

Je frottai ma manche dessus pour le découvrir.

J'en restai le souffle coupé.

Je connaissais ce visage. Cette moustache, ces yeux… C'était Amisi. Et il portait une couronne.

Les mains tremblantes, je ramassai le tableau.

Mais comment ? Et où est-il ?

– Amisi ? appelai-je, désespérée.

Son portrait sous le bras, je fouillai le château et les terres toute la nuit en criant son nom :

– Amisi !

Mais je ne parvins pas à le trouver.

L'ULTIME EFFORT

EN ME RÉVEILLANT, IL NE ME RESTAIT PLUS QU'UNE SEULE CERTITUDE : JEREMIAH ALLAIT MOURIR.

Je n'avais pas trouvé Amisi. Ni qui que ce soit d'autre, d'ailleurs. Je n'avais plus aucun moyen de recueillir la fumée.

J'avais échoué.

Je me remis au lit. Je ne voyais aucune bonne raison de me lever. Même si je retournais au Douze à midi et que, par miracle, cette fois, je trouvais le veilleur, j'aurais manqué ma chance d'être au Onze ce matin. Et si j'attendais 23 heures, il serait trop tard. Je n'arriverais pas à temps pour sauver Jeremiah. Il me fallait d'abord la fumée du Douze.

C'est déjà le dernier jour.

Trop triste pour bouger, je restai sous mes couvertures jusqu'à ce que ma mère vienne me réveiller.

N'ayant pas eu le courage de me changer, j'arrivai au collège en pantalon de pyjama. Tout le monde me regardait, mais je m'en fichais complètement.

À quoi bon, maintenant ? C'est fini. Même en trouvant une excuse pour quitter les cours avant 11 heures, sans la fumée du Douze, ça ne servirait à rien.

Je m'affalai sur ma chaise avant même qu'ait sonné la première cloche – ce qui était inédit pour moi –, puis je posai ma tête sur mon coude. Mais un instant plus tard, quelqu'un était en train de la tapoter.

– Quoi ? fis-je, m'attendant à ce que ce soit Samantha, pour se moquer de ma tenue, ou M. Topinka, pour me réveiller.

En fait, c'était Alejandro. Les yeux écarquillés, l'air plein d'entrain.

– Où as-tu puisé ton inspiration pour ça ?

Il tira de son sac un des tableaux sur lesquels je travaillais à l'église. Il représentait le veilleur du Onze.

– Oh, c'est juste un personnage d'une histoire que me racontait ma tante. Pourquoi as-tu apporté ça ici ?

– Ne te fâche pas, dit-il tout en faisant de grands gestes. Mais ce matin, en cherchant quelque chose pour la jaquette de notre jeu, j'ai regardé tes peintures. Et je suis tombé sur celle-ci… et je te jure…

Il me tendit le tableau et se pencha en murmurant :

– Je te jure que je connais cette histoire, moi aussi. C'est ce qu'on appelle un veilleur, non ?

Je me redressai d'un coup.

– Comment tu sais ça ?

Je n'avais jamais utilisé ce terme devant lui. Durant nos séances de brainstorming, j'avais toujours désigné les personnages tels que le fermier ou la femme magnétique sous les noms de « roi » ou « reine ».

–Écoute, dit-il tout en tirant autre chose de son sac, d'une main tremblant soit d'anxiété, soit d'exaltation. Après avoir vu ton tableau, je suis retourné chez moi et j'en ai rapporté ça.

Il me tendit un petit tas de feuilles de papier épais, marquées par les ans. Un dessin d'une créature très reconnaissable se trouvait sur la première page.

De longues dents fendillées, un nez crochu, des orbites vides et une couronne. En dessous, en belles lettres cursives, la légende disait *veilleur*.

–Comment as-tu obtenu ça ? lui demandai-je en passant à la page suivante.

–Ça se transmet de génération en génération dans ma famille. Ça appartenait à mon père, et c'est sa grand-mère qui le lui avait donné. Elle disait que c'était son père à elle qui l'avait fait.

Je continuai à feuilleter. Je connaissais ce type de papier. Je savais ce que c'était.

Il me regarda.

–Je croyais que c'était mon père qui avait inventé toute cette histoire. C'est une légende ou une sorte de conte, en fait ? Je n'en ai jamais entendu parler autrement que par ces dessins et ces notes. Et toi ?

Bien que le papier soit beaucoup plus abîmé et que les dessins aient été réalisés par une main moins talentueuse, il n'y avait aucun doute : il s'agissait des pages qui manquaient au livre de Jo.

–Et quel était le nom du père de ton arrière-grand-mère ? lui demandai-je, ignorant sa propre question.

– Oh, lui ? Euh, Olaf, je crois. Olaf Amisi.

Mon cœur battait à tout rompre dans ma poitrine. Ce n'était pas possible. *Comment cela se peut-il ?*

Il y avait des croquis que je n'avais encore jamais vus, dont un représentant un royaume scintillant, un endroit où les nuages semblaient d'une parfaite onctuosité, et les arbres, couverts de feuilles soyeuses. Comme un endroit disparu. Comme un endroit magique.

Je lus des notes gribouillées des deux côtés : *Harold, tout est blanc comme du marbre. L'air sent bon l'herbe fraîchement coupée. Les gens sont en or. Ils ont le pouvoir de contrôler la chance. Mais si l'on prend trop d'un côté, il faut que cela s'équilibre de l'autre.*

Au-dessus du dessin du royaume le plus grand et le plus détaillé, on pouvait lire : *Douze : mon royaume.*

Il devait s'agir des notes qu'Amisi avait remises à Harold Marks, mon propre ancêtre, quand il avait illustré le livre.

Cela faisait trop de choses à assimiler d'un coup. Il fallait que je réfléchisse. Quelles étaient les probabilités ? Pouvais-je réellement avoir autant de chance ?

La cloche sonna, mais je n'avais plus de temps à consacrer aux cours.

Tenant les pages serrées contre moi d'une main, j'agrippai le poignet d'Alejandro de l'autre et fonçai vers la porte. En sortant, je me heurtai à Fallon.

– Oh, euh, désolée… il faut qu'on y aille, marmonnai-je en passant devant elle.

– Où ? me demanda-t-elle.

J'étais trop survoltée pour répondre. Il fallait que j'emmène Alejandro à l'église pour discuter avec lui en privé.

Une fois à l'intérieur, je commençai par étaler les pages sur un long banc. Ces images n'étaient pas dans le livre de Jo, mais je savais exactement ce qu'elles représentaient. Il s'agissait d'un mur fait d'énergie, d'une épée avec douze pierres incrustées dans la poignée, et d'un schéma expliquant justement comment faire fondre une épée pour la transformer en montre. Était-ce donc ainsi qu'avait été fabriquée celle-ci ? Sûrement. Amisi avait dû la créer à partir de cette arme.

Alejandro piaffait derrière moi, le souffle court.

– On est en train de sécher les cours, Rose. Pourquoi ? Juste pour parler du livre de mon père ? Ç'aurait pu attendre midi...

– Non, on n'a pas le temps. Je ne peux pas attendre jusqu'à midi.

Je me retournai et le regardai droit dans les yeux.

– Dis-moi tout ce que tu sais sur ce livre.

– Hein ? Ah, euh, bon, d'accord... Euh, comme je te l'ai dit, il appartenait à mon arrière-arrière-grand-père. Il affirmait avoir écrit ce livre pour parler à sa fille de son vrai (il fit le signe des guillemets avec les doigts) « chez-elle ». Selon lui, poursuivit-il, il était originaire de cet endroit magique, et s'était retrouvé en Arizona par accident. En tout cas, c'est ce que racontent les membres de ma famille, qui affirment aussi qu'il avait l'intention d'y retourner. Alors, il a écrit un livre pour que sa fille se souvienne de lui quand il serait parti.

– Pourquoi est-ce qu'il voulait y retourner ?

–Il a dit à mon arrière-grand-mère qu'il y avait une guerre là-bas, et qu'il devait y mettre fin. Il y a combattu jusqu'à ce qu'il soit envoyé dans notre monde par une grosse décharge d'énergie, ou je ne sais plus quel autre phénomène magique. J'ai toujours trouvé que ce passage était cool. Ça me fait penser à un jeu vidéo, tu sais, celui…

–Et qu'est-ce qui s'est passé après ? interrompis-je Alejandro en me penchant vers lui.

–À un certain moment, il a disparu d'un coup, en ne laissant que ces pages derrière lui. Pour sa femme et sa fille…

J'en restai bouche bée.

Se pourrait-il qu'il soit encore au Douze ?

–… et une montre.

–Quoi ?

–Tu n'as pas vu la page ? s'étonna Alejandro en saisissant un papier parmi ceux qui étaient étalés sur le banc. Tiens.

Il me tendit un schéma de montre. Je l'examinai de près.

–Ce n'était pas juste un dessin, paraît-il. Apparemment, elle aurait vraiment existé, précisa-t-il.

Une montre ronde avec douze pétales. Exactement comme celle qui se trouvait au fond de la poche de mon pantalon de pyjama.

–Que lui est-il arrivé ? demandai-je.

–Elle a été volée.

–Hein ? Mais par qui ?

Alejandro se pencha pour retrouver une autre page. « Ah, la voilà ! » Au dos d'un portrait d'Amisi, un vieil article de journal avait été collé au ruban adhésif. Pas de photos, juste des lettres granuleuses et baveuses sous le titre **UN HOMME PORTÉ DISPARU**.

–Personne n'a jamais revu Amisi. Selon la rumeur, il aurait été kidnappé. Plusieurs jours après sa disparition, sa femme a déclaré que la montre avait été volée dans la chambre.

–Qui était le coupable ?

Mon cœur battait si fort que j'eus l'impression qu'Alejandro allait l'entendre.

Mais il se contenta de hausser les épaules en réalignant les pages.

–D'après mon arrière-grand-mère, c'était un ami à lui, un type qu'il avait engagé pour faire les illustrations de son livre.

J'avais l'impression de me noyer. Je n'arrivais pas à y croire.

–L'ami en question serait devenu cupide, ou quelque chose dans ce genre. La femme d'Amisi pensait même que c'était lui qui l'avait tué afin de lui voler sa montre et son livre. Mais le livre n'a jamais été publié… ce qui est bizarre.

Alejandro eut soudain l'air perplexe, comme s'il venait d'avoir un déclic.

–Mais comment se fait-il que tu connaisses aussi cette histoire ?

Mes yeux rejoignirent lentement les siens tandis que j'intégrais ce qu'il était en train de dire.

L'illustrateur l'a tué. Il lui a volé son œuvre et sa montre.

–Je pense… je pense que l'illustrateur était *mon* arrière-arrière-grand-père.

– Quoi ? s'exclama Alejandro, l'air stupéfait. Qu'est-ce qui te fait croire ça ?

Je pris la montre au fond de ma poche et la lui tendis d'une main tremblante. J'eus du mal à la lâcher.

– Parce que ma famille aussi se transmet des choses de génération en génération.

Tenant la montre devant lui, Alejandro ouvrait des yeux ronds comme des billes. Des tas de pensées tourbillonnaient dans ma tête. Si Amisi était mort, je ne pourrais jamais obtenir sa fumée... à moins... à moins qu'Alejandro ne soit véritablement son descendant. Dans ce cas, il serait du même sang royal, non ? En fait, il *serait* le roi du Douze, même sans jamais y être allé. *Cela pourrait-il fonctionner ?*

– Écoute, dis-je à Alejandro, je sais que ça fait beaucoup à accepter et que ça va te paraître complètement dingue, mais je crois que j'ai besoin de ton aide.

– Pour faire quoi ? me demanda-t-il d'une voix mal assurée.

– Ça concerne la guerre à laquelle ton arrière-arrière-grand-père voulait mettre fin.

Il me regardait fixement.

– De quoi parles-tu ?

– Je sais que c'est dur à croire, mais...

J'enrageais. Non seulement c'était complètement ridicule, mais, en plus, c'était impossible à expliquer.

– J'ai juste besoin que tu me fasses confiance, poursuivis-je. Tous ces niveaux que je t'ai décrits pour le jeu, tous ces royaumes... je suis allée les chercher dans le monde de ton ancêtre, à l'aide de la montre.

–Je ne te crois pas. C'est *impossible*.

Je plantai mes yeux dans les siens.

–C'est ce que je pensais aussi, mais regarde.

Je lui repris doucement la montre et l'ouvris pour qu'il la voie.

–Elle est réelle. La montre de l'histoire de ta famille est *réelle*.

Alejandro déglutit, les yeux rivés sur les dessins des pétales. J'avais trop peur pour lui en dire plus pour le moment, trop peur qu'il refuse de m'aider.

–Et comment projettes-tu de mettre fin à cette... guerre, exactement ? finit-il par me demander.

–Je t'ai dit que j'avais commis des erreurs aussi, non ? Tu te souviens ?

Il hocha la tête, et je pris une grande inspiration.

–Euh, c'est moi qui ai fait du mal à Jeremiah, avouai-je en me penchant pour prendre le dessin du mur du Douze. Il est coincé là-dedans, et si je ne trouve pas un moyen de l'en sortir avant ce soir, il ne se réveillera jamais.

Après un long silence, Alejandro releva les yeux et me regarda.

–Qu'attends-tu de moi ?

–J'ai besoin que tu fasses une sieste à 11 heures ce matin. On ne disposera que d'une heure à peine, alors il faudra bien profiter de chaque minute.

En entendant cela, Alejandro commença à paniquer.

–Une sieste ? Mais nous sommes au collège ! Comment allons-nous...

Maintenant que je savais qu'il allait m'aider, je ne le laissai pas finir.

–Je sais déjà comment. Fais-moi juste confiance, OK ?

Des tas d'idées fusaient dans ma tête. Nous allions d'abord nous réintroduire discrètement dans le collège pendant la récré et, à partir de là, nous pourrions enfin tenter l'impossible.

À 10 h 45, pendant le cours de Mme Lee, je me mis à jouer les malades. Tout en feignant d'avoir du mal à respirer, je me tenais la tête et déglutissais exagérément. J'étais si anxieuse que je n'eus même pas à faire semblant de transpirer ou de trembler. La montre bien à l'abri dans ma poche, je me levai et demandai si je pouvais aller à l'infirmerie. Mme Lee m'y autorisa au premier coup d'œil.

–Est-ce qu'Alejandro peut m'accompagner ? J'ai peur de vomir en chemin.

Mme Lee fit rapidement signe à Alejandro de me suivre, sans doute soulagée de voir une élève nauséeuse quitter la classe.

Quand nous arrivâmes à l'infirmerie, il n'y avait personne. J'avais du mal à le croire. La chance semblait avoir tourné pour de bon. Je m'affalai sur un des lits de l'arrière-salle, et demandai à Alejandro de s'installer sur celui d'à côté.

–Voilà. Toi, tu tiens la montre, et moi, le bout de la chaîne.

–Et si je n'arrive pas à m'endormir ?

–Il va falloir. Tant que tu le fais avant midi, je te trouverai. Tu sais à quoi tu dois penser avant de t'endormir, hein ?

Je l'avais préparé tandis que nous revenions de l'église, le matin même.

– Oui. Un grand cimetière dans un marécage, comme sur ton dessin.

– Rappelle-toi que si tu ne l'imagines pas bien, tu risques de te retrouver ailleurs.

– Je m'en souviendrai.

Nous nous installâmes sur le côté, face à face, sur nos lits individuels, la chaîne de la montre tendue entre nous.

– Mais je n'ai pas sommeil, grommela-t-il.

– Fais-moi confiance. Si tu ouvres la montre et fixes son cadran, ça va t'emporter en un rien de temps.

– Vraiment ?

– Oui, mais attends que je sois endormie d'abord, pour que je puisse t'aider à ton arrivée.

– OK, dit-il à voix basse.

Je fermai les yeux. Je m'inquiétais plus de mon aptitude à m'endormir *sans* la montre.

– Rose ?

– Oui ?

– Si tu dis la vérité, ça va être incroyable à quel point ?

J'ouvris les yeux et lui souris.

– Incroyablement incroyable.

Cependant, mon sourire s'effaça dès que je baissai de nouveau les paupières. C'était ma dernière chance. Il fallait que ça fonctionne.

J'imaginai le cimetière. J'ordonnai à mes pensées et à mes nerfs de se calmer. J'essayai aussi de me faire croire que j'étais étendue sur le canapé de Jo : avec elle, à regarder le feu, sentant ses doigts parcourir mes cheveux tout en écoutant le doux murmure de sa voix.

« *Tu sais, Rose, il existe un endroit où tout est possible, et quand tu t'y rendras, tu deviendras plus puissante que quiconque.* »

LE ONZE

Il faisait très chaud. J'avais la sensation qu'un épais liquide brûlant se diffusait dans tout mon corps.

En ouvrant les yeux, je découvris un ciel sombre, surplombé d'arcs-en-ciel. En dessous de moi se trouvait une pierre dure sur un sol tiède et couvert de mousse. Non, pas de mousse. De grops. « *Attention aux grops* », résonna la voix de Narcisse au fin fond de ma mémoire.

Je me redressai. D'imposants cubes de marbre blanc s'élevaient devant moi. Les catacombes.

J'ai réussi.

J'étais trop nerveuse pour patienter jusqu'à l'arrivée d'Alejandro. Il fallait que je m'assure que les trois autres étaient bien rentrés de notre bataille contre le veilleur.

Je reviendrai le chercher. Il m'attendra.

Je montai donc les marches des catacombes, zigzaguant dans le labyrinthe, essayant de me rappeler comment on accédait au sommet.

– Roussette ? Narcisse ? Skep ? continuai-je d'appeler en m'enfonçant dans les tunnels.

Mais personne ne répondait.

Et s'ils avaient déjà été jetés dans le mur ? Tout à coup, je sentis une main m'agripper fermement par le bras et m'entraîner dans une caverne.

– Ah !

J'étais clouée le dos contre la paroi de la grotte, un objet pointu appuyé sur la gorge.

– Rose ?

La main me libéra. Et une fois mes yeux habitués à l'obscurité, je reconnus un visage.

Roussette.

Je la pris dans mes bras, éprouvant soudain un grand soulagement.

– Roussette ! Tu es là ! Tu es vivante !

Cela ne faisait que deux jours, mais j'avais l'impression de les avoir tous perdus depuis une éternité.

– Bien sûr que oui ! s'esclaffa-t-elle.

Elle recula, et je vis alors que l'arme qu'elle tenait était l'épée d'Amisi. Elle la remit à sa ceinture, sous sa tunique.

– Tu es revenue.

Quand je regardai son visage une seconde fois, je lui trouvai l'air fatigué. Je vis aussi à sa moue qu'elle était un peu surprise.

Au son de ma voix, j'entendis de petits pas approcher dans l'obscurité. Skep arrivait, le visage crasseux.

Ni Roussette ni lui ne me regardaient dans les yeux.

– Et Narcisse ?

– Euh, c'est-à-dire…, fit Roussette avant de se mettre à renifler.

On aurait dit qu'elle essayait de se contrôler suffisamment pour pouvoir parler, mais elle finit par renoncer et se tourner vers Skep.

– Il est tombé malade, Rose. En essayant de faire libérer ton ami. Ils l'ont pris, et maintenant, il est dans le mur aussi.

Oh non, c'est ma faute.

– On va le tirer de là.

Roussette et Skep me lancèrent des regards incrédules.

– C'est impossible ! pesta Roussette.

Puis je la vis lorgner la bosse que la boule faisait à ma poche. Même ses taches de rousseur semblaient scintiller.

– Eh bien…

Je sortis la boule. Elle brillait de toutes sortes de fumées.

Roussette se pencha pour les compter.

– Dix ? Juste dix ? Il nous faut les douze !

– J'ai encore besoin de celle du Onze. Nous pouvons nous en occuper tout de suite.

– Et comment tu vas aller au Douze ?

– Je n'ai pas besoin du Douze.

– Et pourquoi ça ?

– Parce que son veilleur est mort lors de la dernière guerre.

Roussette et Skep se décomposèrent. Dans ce cadre sombre, ils paraissaient chétifs, franchement ratatinés et terriblement blêmes.

– Donc, nous ne pouvons pas les sauver ?

– Si, je pense que si… Je crois que j'ai trouvé quelqu'un.

– Qui ça ?

– Le nouveau roi du Douze.

– Mais c'est *maintenant* que nous avons besoin de la fumée pour sauver ton ami ! s'écria Roussette.

– Je sais, confirmai-je en hochant la tête. Le nouveau roi arrive.

– Il arrive ? Il arrive où ? Ici ?

– Oui, mais…

Du coin de l'œil, je vis quelque chose vaciller et m'aperçus aussitôt que la boule avait disparu.

Juste comme elle l'a fait avec Jeremiah. Cela doit vouloir dire que…

– Il est là. Allons-y.

Pour sortir du labyrinthe, Roussette nous avait guidés en aboyant ses ordres. À en juger par tous les passages secrets et raccourcis que nous venions d'emprunter, il était évident qu'elle connaissait les catacombes comme personne.

Nous étions maintenant tous les trois à l'extérieur. Tandis que nos pieds s'enfonçaient dans la boue chaude, nous scrutions les environs dans toutes les directions. Ne voyant pas Alejandro, j'avais peur qu'il soit arrivé au mauvais endroit.

Je t'en supplie, sois là. Je t'en supplie, sois là…

– Rose ?

En nous retournant, nous découvrîmes tous Alejandro derrière nous, la bouche grande ouverte et les yeux écarquillés. La boule se trouvait dans sa main.

– Tu as réussi ! m'exclamai-je en me ruant vers lui.

– Cet endroit est…, commença-t-il d'une voix calme.

–Effrayant ? demandai-je.

–... trop cool, fit-il, pantelant, en regardant de tous les côtés. On se croirait *à l'intérieur* d'un jeu. Vous avez vu ces grenouilles minuscules ?

–On n'a pas le temps pour ça, Rosemary, intervint Roussette en s'approchant de nous. C'est celui du Douze ou pas ?

Je me tournai vers mon invité, légèrement inquiète quant à la réponse.

–Nous allons voir. Alejandro, bouche-toi le nez et souffle par les oreilles.

–Quoi ? Comme ça ?

Un nuage de fumée dorée s'envola, couvrant le sol d'étincelles.

Quand il rouvrit les yeux, Alejandro faillit s'étrangler :

–Qu'est-ce que c'était que ça ?

Bien contente que nous ne l'ayons pas vidée dans le monde réel, je saisis la boule pour aspirer toute cette énergie dorée.

–Ça, répondis-je en même temps, c'est ta fumée.

–Ma quoi ?

Mes pensées revinrent au livre d'Amisi.

–Tu as le pouvoir de contrôler la chance. Mais si tu en abuses à un certain moment, il faudra que l'équilibre se rétablisse.

–L'équilibre de la chance ?

J'opinai du chef.

–C'est bizarre, parce que, toute ma vie, j'aurais plutôt cru que j'étais la personne la plus malchanceuse de l'univers.

Ses yeux ne lâchaient pas les points dorés qui tournoyaient autour de la boule.

– Donc, c'est vraiment le roi, souffla Roussette derrière moi.

– Hein ? Je suis *roi*… ?

– On n'a pas le temps, l'interrompis-je en commençant à courir vers la forêt pour rejoindre la ville. On doit trouver le veilleur du Onze avant notre réveil !

– Eh ! fit Roussette en me rattrapant et en m'agrippant le bras. Ce n'est pas le moyen le plus efficace de le chercher, si ?

– Pourquoi en as-tu fait un dragon ? demandai-je.

– C'est plus rigolo qu'un oiseau, tu ne trouves pas ? répondit Roussette.

– Waouh ! s'exclama Alejandro derrière moi.

Nous étions sur le dos d'un dragon en bronze, en train de grimper en flèche au-dessus de la cité du Onze, où une fête battait son plein.

– Une fois qu'on a trouvé le veilleur, qu'est-ce qu'on fait ? demandai-je à Roussette, devant moi.

– On l'attire sur la plage, loin de tout le monde.

– Il est là ! s'exclama Skep, les yeux collés à une paire de jumelles qu'il venait de dessiner sur un bout de bois.

Roussette tira sur le mors du dragon, qui se mit instantanément à descendre en piqué. Les paupières baissées, j'entendis Alejandro se mettre à hurler derrière moi, et Skep faire pareil devant.

Mes yeux se rouvrirent d'un coup au moment où nous approchions du sol. Nous arrivions pile au-dessus des têtes des danseurs, qui criaient à la fois de peur et d'enthousiasme. Se trouvant parmi eux, le veilleur tenta vainement d'attraper mes pieds qui pendaient en dessous du ventre du dragon.

– Les voilà ! s'écria-t-il. Emparez-vous d'eux !

Nous reprîmes aussitôt de l'altitude. Je me retournai. Le veilleur nous suivait. J'inspirai profondément. Nous y étions. Il fallait que je lui vole de la fumée. *Mais comment ?* À la vitesse où nous descendions vers la plage, je n'avais pas trop de temps pour y réfléchir.

Il faut juste que j'arrive à lui faire dessiner quelque chose.

– Roussette, m'écriai-je. Vite, dessine un voilier, et partez sur le bourbier. Je vous retrouverai.

– D'accord. Mais d'abord...

Elle défit le fourreau qui pendait à sa taille et l'accrocha à la mienne, de sorte que l'épée d'Amisi soit désormais contre ma cuisse.

– ... prends ça. Et si tu en as la possibilité, détruis le mur. Ne t'occupe pas de nous.

Je hochai la tête, m'efforçant de garder tout mon sang-froid.

– Compris.

Le dragon explosa soudain en un nuage de fumée violette. Alejandro tomba, se releva, s'épousseta et se dirigea vers moi, visiblement déconcerté.

– Rose, que se passe-t-il ?

– Va te cacher derrière eux, lui dis-je en désignant les îlots endormis sur le sable, et contente-toi de rester sain et sauf. Je te réveillerai dès que ce sera terminé.

– C'est le veilleur ! avertit Roussette. Le voilà !

– Attends, tu vas où ? me demanda Alejandro en me retenant par mon sweat-shirt.

– J'ai quelque chose à faire. Maintenant, dépêche-toi, va te cacher.

Je le poussai vers les îlots et le regardai jusqu'à ce qu'il s'accroupisse derrière l'un d'eux. Ceci fait, je me retournai vers le veilleur qui avançait vers moi d'un pas décidé.

– Ah, te voilà. Ça fait un moment que je te cherche.

Maintenant que j'y étais, il fallait que je calme ma respiration et puise des forces dans la lame qui pendait sur ma hanche. *Tel a toujours été mon destin. Je suis* capable *de le faire.*

– Vous arrivez trop tard ! lui criai-je en désignant le vaisseau de marbre blanc qui rebondissait sur le bourbier. Vous avez déjà perdu les autres.

– Oh, je les aurai… Mais d'abord…

Il fit trois grands pas vers moi, mais je restai bien campée où j'étais.

– … je vais t'emmener au mur.

Il m'entraîna par le poignet en me murmurant à l'oreille :

– Tout comme tes petits amis.

J'arrêtai de frissonner et le regardai bien en face.

– Et comment comptez-vous vous y prendre ? La dernière fois, j'ai détruit votre bateau.

Il sourit de toutes ses longues dents jaunes.

– Tu crois être la seule à pouvoir faire de la magie ?

Il m'entraîna vers les créatures endormies, et c'est là que je vis briller deux yeux parmi elles.

Oh, non ! Alejandro.

– Lâchez-moi ! m'écriai-je en essayant de dégager mon bras, juste pour faire diversion.

– Silence ! gronda-t-il en me griffant une joue de l'un de ses ongles démesurés.

Je poussai un petit cri, puis sentis couler un peu de sang.

– Tu ne peux pas t'en tirer. Je suis indestructible, invincible.

Il s'approcha une fois de plus de mon oreille.

– Laisse tomber.

En regardant par-dessus son épaule, je vis qu'Alejandro était retourné se cacher. C'était tout ce que j'attendais.

Le veilleur s'arrêta devant un îlot, et tira une arme de sa ceinture. Il poussa un grognement, puis un sourire narquois apparut sur ses fines lèvres craquelées.

– Maintenant, il est temps que je construise un bateau contre lequel tu ne pourras rien.

– Stop ! m'écriai-je en le voyant abattre son épée sur la carapace de l'îlot.

Mais le veilleur continua à entailler l'îlot malgré ses hurlements. De la fumée bleue formait un nuage autour de sa main.

Je me forçai à ignorer les cris de douleur pendant que je sortais la boule à fumée de ma poche et la levai assez longtemps pour qu'elle absorbe la fumée.

Je l'ai.

Je la rangeai à point nommé, car un instant plus tard, une masse fantomatique bleue apparut au bord du bourbier et se mua en bateau noir.

–Viens, mon enfant.

Il ne me reste plus qu'à me dégager, le temps d'insérer la boule dans la poignée de l'épée.

En tirant très fort sur mon bras tout en écrasant le pied du veilleur, je me libérai en pivotant sur moi-même, façon Indiana Jones.

Puis je détalai en courant, juste au moment où la carapace de l'îlot derrière moi explosa en un nuage de fumée. L'écran me protégea tandis que je fonçai vers les autres îlots.

Le veilleur gronda et se précipita à ma poursuite.

Je sortis la boule et l'épée, mais cette dernière glissa hors de ma paume trempée de sueur.

–*Oh, non!*

–Toi!

Le veilleur se jeta de nouveau sur moi. Cette fois, il m'agrippa par le cou et me souleva en l'air. Je tirais sur ses doigts de toutes mes forces pour ne pas suffoquer.

–Qu'importe que tu ailles dans le mur ou non. Il me reste assez de fumée pour tes amis. Toi, je vais te tuer ici.

Tandis que j'étouffais, mes yeux se tournaient dans toutes les directions en quête de quelque chose, n'importe quoi, qui pourrait m'aider. C'est là que je vis Alejandro, agenouillé, les mains jointes comme s'il priait. J'eus beaucoup de mal à comprendre ce qu'il murmurait.

–*Par pitié, par pitié, par pitié.*

La main du veilleur se resserra encore autour de mon cou, et le monde commença à devenir flou.

Non, je ne peux pas être arrivée jusque-là et perdre maintenant.

Mes yeux étaient en train de se fermer.

Alejandro se mit à avoir des reflets dorés.

De la fumée dorée s'éleva de sa tête et enveloppa les îlots qui dormaient autour de lui. Réveillés brutalement, ils se levèrent et nous virent.

Ils détalèrent aussitôt en hurlant, semant une pagaille de tous les diables.

Quelle chance !

– Mais qu'est-ce…

Les énormes créatures bousculèrent violemment le veilleur, qui me lâcha en valdinguant dans les airs.

Je me relevai tant bien que mal en reprenant ma respiration.

Alejandro courut jusqu'à moi.

– Je l'ai fait ! J'ai utilisé ma chance magique ! Tu as vu ça ?

– Va… chercher… l'épée…, haletai-je en essayant de recouvrer mes esprits.

Il courut à l'endroit où elle était plantée, et tira très fort dessus pour la sortir du sable. Dès qu'il la tint, l'épée fut également nimbée d'or. Il me la tendit.

– Rose, tiens…

Mais une main aux longs doigts s'en empara avant.

– Je vois, fit le veilleur.

Son bras était entre nous, mais ses deux jambes avaient été cassées lors de l'impact et étaient pliées de manière anormale.

Comment a-t-il pu arriver ici si vite ?

Chlac ! Chlac !

D'une simple poussée sur ses genoux, il redressa ses jambes dans un halo de fumée bleue.

–Je te l'ai dit, siffla-t-il. Je suis invincible.

Puis il baissa les yeux sur l'épée étincelante.

–Tu pensais pouvoir me vaincre avec ça, ricana-t-il en lançant l'arme dans le bourbier.

–Non ! hurlai-je en courant derrière.

Mais il était trop tard.

L'or fondit en touchant la surface, puis s'enfonça dans les sombres profondeurs.

Je regardais encore ce triste spectacle, complètement médusée, quand le veilleur nous attrapa chacun par un bras.

–Et maintenant, à vous deux.

Impuissants, nous nous retrouvâmes assis à l'arrière du vaisseau noir, voguant sur le bourbier en direction du mur.

Le veilleur nous avait attaché les mains, posées devant nous. Même si j'étais assise en face d'Alejandro, j'avais bien trop honte pour le regarder dans les yeux.

J'ai échoué, et maintenant Jeremiah, Narcisse, Roussette, Skep et Alejandro vont le payer de leur vie. Je suis complètement nulle.

–Je suis désolé.

Ma tête se redressa toute seule. Alejandro avait l'air très malheureux.

–Pourquoi est-ce *toi* qui es désolé ? murmurai-je.

–Parce que ce sont mes pouvoirs qui ont fait fondre l'épée. J'ai utilisé ma chance, et puis la malchance a suivi.

–Mais c'est ma faute si tu as eu besoin d'utiliser cette chance, lui répondis-je avec un demi-sourire. Je suis désolée, moi aussi.

–Qu'est-ce que tu allais faire avec cette épée, de toute façon ? Juste la planter dans le mur ?

–Plus ou moins. Il aurait dû y avoir des pouvoirs à l'intérieur, cela dit.

–Des pouvoirs ?

–En provenance de la montre, expliquai-je.

Je palpai ma poche, et soupirai de soulagement en constatant que la boule y était toujours. Au moins, je n'avais pas perdu ça.

J'entendais un bourdonnement, mon esprit s'embrumait. *Nous devons être près du mur.*

En regardant par-dessus la rambarde, je constatai que nous longions effectivement le mur, éclairés par un sombre tourbillon de couleurs lumineuses.

Puis le bateau s'arrêta.

–Nous sommes arrivés, annonça le veilleur.

Tendant le cou pour me faire une première idée de la situation, je fus d'abord aveuglée par la luminosité du mur. Je dus plisser les yeux pour tenter de distinguer les diverses teintes des fumées qui y grouillaient comme autant de poissons se ruant vers leur nourriture.

Je me penchai encore plus pour mieux voir. Au cœur du tourbillon se trouvait un visage maigre et affaibli que je parvins à identifier, bien que le mur soit toujours en train de l'absorber.

–Jeremiah.

–Où ça ?

Alejandro suivit mon regard, mais détourna presque aussitôt le sien. Et je le comprenais. Ce n'était pas beau à voir du tout.

–Aïe, aïe, fit-il seulement.

Apparemment, le mur était en train de dévorer Jeremiah, immobilisé par des liens de fumée autour des bras, des jambes et du cou.

–Il est mort ? me demanda Alejandro.

–Pas encore, lui répondis-je.

Au loin, j'aperçus un autre tourbillon. Ce devait être Narcisse. Aussi mal que je puisse me sentir, j'étais soulagée de ne pas pouvoir distinguer son visage.

–Je tenais à ce que vous puissiez voir vos amis avant de les rejoindre, nous nargua le veilleur en traversant le bateau pour venir vers nous, tout sourire.

Il prit Alejandro par l'épaule.

–Par pitié ! criai-je en essayant de me redresser, et en me disant *Pas lui.*

J'ajoutai :

–C'est moi qu'il faut jeter. Lui n'a rien fait de mal.

Le veilleur colla presque son visage contre le mien.

–Non, mon enfant, toi, je veux que tu regardes en attendant ton tour.

Voir le veilleur se mettre à tirer Alejandro vers le mur, malgré toute sa résistance, me coupa littéralement le souffle.

–Ah, et je pense que tes petits amis ne vont pas tarder à se joindre à nous.

En suivant le doigt du veilleur, je remarquai que le bateau de Roussette approchait.

Stop! avais-je envie de crier. *Fuyez!* Mais il était trop tard. J'avais la boule, mais pas l'épée.

En touchant la surface chaude de la boule, j'eus une soudaine révélation: *J'ai toujours la montre.*

–Regarde par ici, ma fille! Je ne voudrais pas que tu rates ça.

J'enfonçai mon ongle dans la surface de la boule aussi fort que possible, en n'hésitant pas à repasser sur mes traits pour m'assurer qu'ils ne s'effacent pas. Puis je continuai à dessiner à l'aveuglette tout en regardant le veilleur jeter Alejandro dans le mur.

–Rose! hurla mon ami avant d'être absorbé.

J'étais trop concentrée pour répondre, car il ne fallait pas que je visualise autre chose que l'image que j'avais dans la tête.

Je peux encore les sauver. Il le faut.

–Maintenant, à toi.

Voilà. Le tout dernier trait de mon dessin. Juste au moment où le veilleur se penchait pour m'attraper, je sentis l'énergie de la boule sortir de ma poche.

–Hein? fit mon agresseur en reculant tandis que quelque chose se formait dans ma main.

Une petite dague, de la même énergie brillante et tourbillonnante que la boule. Juste à la bonne taille pour mon poing.

–Qu'est-ce que c'est que ça?

Le veilleur essaya de s'en emparer, mais elle passa à travers ses mains, comme un mirage.

Je fis jaillir la lame d'un coup, sectionnant les liens de mes poignets.

– Non ! fit le veilleur en se jetant sur moi.

Je reculai vers le mur, retenant mon souffle, tandis qu'il me poussait dans le même sens.

Je levai la lame derrière moi… et la plantai en plein dans le mur.

Le veilleur poussa un terrible hurlement et tomba à genoux.

– Qu'est-ce qui se passe ? Qu'est-ce que tu fais ?

Je poussai plus fort. Je pouvais sentir la lame absorber l'énergie du mur.

– Rose ! fit la voix de Roussette.

Ils ont réussi.

J'aurais voulu m'arrêter pour me retourner et regarder, mais la dague était trop puissante. Elle était en train de dévorer le mur tout entier.

À chaque centimètre cube de fumée, la lame devenait toujours plus brillante. Jusqu'à ce que je ne puisse plus la regarder. Et là, juste au moment où je pensais ne plus pouvoir tenir…

Boum !

Je fus expulsée, et partis dans les airs.

Quelques secondes avant que j'atterrisse sur le bourbier, tout devint noir.

LA FUMÉE RETOMBE

Je me redressai sur les fesses, bouche bée.

Mon cœur battait si vite que j'avais du mal à respirer, et la luminosité faisait pleurer mes yeux. Étais-je morte ?

En balayant les lieux du regard, je découvris avec soulagement que je me trouvais à l'infirmerie du collège. À son bureau, dans la pièce voisine, l'infirmière me tournait le dos. Elle avait dû décider de me laisser dormir en me trouvant ici. Épuisée, je me laissai retomber sur le matelas.

Avais-je vraiment utilisé la montre comme ça ? Mes yeux s'écarquillèrent. *Oh non, la montre !*

Je fouillai mes poches de pantalon, palpai mon sweat-shirt. Elle avait disparu.

Et là, tous mes souvenirs revinrent d'un coup.

Alejandro est tombé dans le mur !

Je me ruai vers lui, étendu dans le lit parallèle au mien.

– Alejandro, réveille-toi ! Réveille-toi, je t'en prie.

Après l'avoir giflé plusieurs fois, je soupirai de soulagement en voyant enfin ses yeux cligner.

– Rose ?

Je ris. Il était bien là. Il avait survécu. *Ça veut dire que les autres aussi !* Je me penchai pour le prendre dans mes bras, et sentis une grande chaleur m'envahir quand il me serra dans les siens.

Puis j'entendis du mouvement dans l'autre salle. Fallon venait d'arriver et parlait à l'infirmière. Celle-ci hocha la tête et lui montra où nous étions.

– Rose ? Emil…

Elle s'arrêta en me voyant assise sur le lit d'Alejandro, les bras autour de lui. Nous nous écartâmes l'un de l'autre.

– Mmm, fit Fallon en rougissant. Mme Lee voulait s'assurer que vous alliez bien. Le service du déjeuner touche à sa fin.

Je lui souris en bondissant du lit. Maintenant qu'Alejandro était réveillé, j'étais dans une forme olympique.

Avant que je n'aie eu le temps de dire quoi que ce soit à Fallon, son téléphone sonna.

– Oh, c'est ma mère… Euh… attendez.

Elle semblait presque avoir peur de répondre.

– Allô ?

J'entendis aussitôt que Mme Berg pleurait de joie.

– Fallon, ma chérie, il est réveillé ! Jeremiah est réveillé !

– C'est vrai ?

Je me tournai vers Alejandro en souriant… et remarquai alors qu'il avait, lui aussi, les mains vides. Il n'avait pas la montre non plus.

Mon sourire s'effaça.

Elle a réellement disparu.

Le reste de la semaine passa à toute vitesse. Tout redevint comme avant… ou presque. Le lundi, Jeremiah revint au collège avec le crâne rasé.

Ce n'était pas la seule chose qui avait changé chez lui. Le nouveau Jeremiah se taisait, et ne voulait avoir affaire à moi sous aucun prétexte. C'était peut-être là la plus grande réussite de toute la semaine.

Oui, tout dans ma vie était de nouveau comme avant. À la différence que j'avais désormais un véritable ami.

Tous les jours, à la pause de midi, Alejandro et moi continuions à travailler sur notre jeu, baptisé *La Treizième Heure*. Il pensait que nous aurions un prototype l'année suivante, en cinquième. Mon père allait en être ravi, par rapport à mes futures études.

Oh, et Fallon avait fini par retrouver de l'intérêt pour moi. Peut-être même plus qu'elle n'en avait jamais eu pour Samantha Plank, ce qui m'enchantait… sans doute surtout parce que ça enchantait moins Samantha.

Mais ce qui avait probablement le plus changé pour moi, c'était le sommeil. Depuis toute cette histoire, je ne rêvais plus. Plus du tout. Je me couchais tard, inquiète pour Narcisse, Skep et Roussette. Les reverrais-je un jour ?

Tout était réel, j'en étais certaine. Mais les souvenirs qui m'en restaient étaient si – comment dire ? – *impalpables*. Je ne pourrais donc jamais rien prouver, sinon que j'avais bien fait quelques rêves déconcertants. Ni à quiconque ni à moi-même.

Si seulement j'avais pu en parler à Jo…

Allongée sur mon lit, j'étais en train de penser pour la centième fois à elle, qui n'avait toujours pas donné la moindre nouvelle, quand on frappa à ma porte.

– Rose ?

– Oui.

C'était ma mère.

– Tu as du courrier, m'annonça-t-elle en entrant.

– Ça vient de qui ? lui demandai-je en me levant pour prendre l'enveloppe blanche parfaitement ordinaire qu'elle me tendait.

– C'est bizarre, il n'y a pas de nom d'expéditeur, répondit-elle.

Puis, avant de refermer la porte, elle me fit un clin d'œil, comme si elle savait quelque chose que j'ignorais.

Étrange.

Mais alors que j'étudiais l'enveloppe de plus près, mon cœur faillit s'arrêter.

C'est l'écriture de Jo.

J'ouvris l'enveloppe en la déchirant. Tout d'abord, je crus qu'il n'y avait rien à l'intérieur.

C'est une blague ou quoi ?

Je la retournai et la secouai.

Quelque chose de minuscule en tomba. Je le ramassai sur la moquette et le portai à la lumière.

C'était un pétale en or. En le retournant, je découvris la gravure du château de conte de fées.

Est-ce possible ?

Je plaquai le pétale contre ma poitrine et, bien sûr, il était encore chaud. Jo venait de me rendre le monde de la montre.

Je ne pus empêcher un sourire de me monter jusqu'aux oreilles.

Puis, une soudaine prise de conscience m'ouvrit une plaie brûlante au creux de l'estomac.

Cette montre n'est pas à moi. Elle ne l'a jamais été.

Je n'avais pas oublié ce qu'avait fait mon arrière-arrière-grand-père, d'après Alejandro.

C'était sa montre à lui.

Quelque chose vint alors soigner ma « plaie brûlante » comme par enchantement : le plaisir de lui rendre le monde. Il pourrait partir y vivre ses propres aventures. Peut-être même m'emmènerait-il au Onze pour rendre visite à mes amis ? Ou au Dix, pour voir si l'animal au pelage orange s'y trouvait toujours ?

En reprenant l'enveloppe pour y replacer le pétale, je remarquai qu'un petit bout de papier en dépassait.

Les mains tremblantes, je le dépliai et le lus :

Tu ne me trouveras plus dans la Treizième Heure, Rose. Viens me voir dans une autre.

Oui, me dis-je, de nouveau étendue sur mon lit, ivre de bonheur, *la magie existe vraiment, et nous savons encore y accéder.*

REMERCIEMENTS

Vous pensiez que j'avais déjà tout dit sur Mme Spracher, pas vrai ? En vérité, je n'avais qu'un espace limité, et il faut donc que je vous avoue autre chose. Il y a deux ans, un jour où ma mère et moi nous trouvions au restaurant avec elle, ma grand-mère Gayle a dit ceci : « Quinnie, si tu deviens écrivaine, il faudra dédier ton premier livre à ta maman, mais le second sera pour moi. »

Malheureusement, aussi adorable soit-elle, ma grand-mère avait deux ans de retard, et on ne peut dédier qu'une fois un second ouvrage. Cela dit, Gayle, j'honore ton existence… ce qui n'est certes pas si bien, mais j'ai aussi parlé de Globe (Arizona). (Tu l'as bien remarqué ?) Comme c'est là que tu vivais quand j'étais petite, ce livre est donc un peu pour toi aussi.

Je n'en ai pas moins d'autres personnes à saluer : John Cusick et Liz Cossnar, pour m'avoir aidée à élaborer *Rose et les treize royaumes magiques* et Amanda Ramirez, pour lui avoir insufflé la vie. J'aimerais également remercier tous ceux qui ont consacré du temps à faire un vrai livre de cette histoire, toutes les mains magiques qui ont œuvré en coulisses.

Je ne pourrai jamais oublier Todd et Max, sans qui je ne pense même pas que j'écrirais.

Et vous toutes et tous. Merci d'avoir rêvé avec Rose et moi pendant un moment. Nous serons toujours là, si besoin.

(Et n'oubliez pas le pacte que nous avons conclu précédemment. Vous devez écrire au moins *deux* livres, parce que c'est notre contrat… et que j'attends.)

D'autres livres
Wiz Albin Michel

Megan BANNEN, *Corbellâme. La Fin des idoles*
Jennifer BELL, *Les Extraordinaires. Les Mystères de Londinor*
Jennifer BELL, *Les Extraordinaires. Le Sablier Fumant*
Jennifer BELL, *Les Extraordinaires. L'Armée des spectres*
Roshani CHOKSHI, *Aru Shah et la lampe du chaos*
Roshani CHOKSHI, *Aru Shah et le royaume naga*
Alyssa COLMAN, *Le Pacte magique*
Alyssa COLMAN, *Le Jardin enchanté*
Neil GAIMAN, *Coraline*
Neil GAIMAN, *L'étrange vie de Nobody Owens*
Neil GAIMAN, *Odd et les géants de glace*
Ben GUTERSON, *Winterhouse Hôtel*
Ben GUTERSON, *Retour à Winterhouse Hôtel*
Ben GUTERSON, *Les Mystères de Winterhouse Hôtel*
Inbali ISERLES, *Foxcraft. Les Possédés*
Inbali ISERLES, *Foxcraft. Les Anciens*

Inbali ISERLES, *Foxcraft. Le Mage*
Jennifer BELL, *Wondergame*
Stephen KING, *Brume*
Stephen KING, *Le Corps*
Stephen KING, *Le Molosse surgi du soleil*
Stephen KING, *La petite fille qui aimait Tom Gordon*
Stephen KING, *Les Langoliers*
Stephen KING, *Les Évadés*
Stephen KING, *Chambre 1408*
Stephen KING, *Mile 81*
Stephen KING, *N.*
Stephen KING, *Nécro*
A.M. MORGEN, *Les Inventeurs et l'Étoile de la Victoire*
A.M. MORGEN, *Les Inventeurs et l'île perdue*
Katy Rose POOL, *L'Âge des ténèbres. Le Complot du masque d'or*
Rick RIORDAN, *Percy Jackson. Le Voleur de foudre*
Rick RIORDAN, *Percy Jackson. La Mer des monstres*
Rick RIORDAN, *Percy Jackson. Le Sort du Titan*
Rick RIORDAN, *Percy Jackson. La Bataille du Labyrinthe*
Rick RIORDAN, *Percy Jackson. Le dernier Olympien*
Rick RIORDAN, *Percy Jackson et les dieux grecs*
Rick RIORDAN, *Héros de l'Olympe. Le Héros perdu*

Rick RIORDAN, *Héros de l'Olympe. Le Fils de Neptune*
Rick RIORDAN, *Héros de l'Olympe. La Marque d'Athéna*
Rick RIORDAN, *Héros de l'Olympe. La Maison d'Hadès*
Rick RIORDAN, *Héros de l'Olympe. Le Sang de l'Olympe*
Rick RIORDAN, *Kane Chronicles. La Pyramide rouge*
Rick RIORDAN, *Kane Chronicles. Le Trône de feu*
Rick RIORDAN, *Kane Chronicles. L'Ombre du serpent*
Rick RIORDAN, *Magnus Chase et les dieux d'Asgard. L'Épée de l'été*
Rick RIORDAN, *Magnus Chase et les dieux d'Asgard. Le Marteau de Thor*
Rick RIORDAN, *Magnus Chase et les dieux d'Asgard. Le Vaisseau des damnés*
Rick RIORDAN, *Les Travaux d'Apollon. L'Oracle caché*
Rick RIORDAN, *Les Travaux d'Apollon. La Prophétie des ténèbres*
Rick RIORDAN, *Les Travaux d'Apollon. Le Piège de feu*

Rick RIORDAN, *Les Travaux d'Apollon. Le Tombeau du tyran*
Rick RIORDAN, *Les Travaux d'Apollon. La dernière épreuve*
Rick RIORDAN, *L'Héritière des abysses*
Laura SEBASTIAN, *Ash Princess*
Laura SEBASTIAN, *Lady Smoke*
Laura SEBASTIAN, *Ember Queen*
Jonathan STROUD, *La Trilogie de Bartiméus I. L'Amulette de Samarcande*
Jonathan STROUD, *La Trilogie de Bartiméus II. L'Œil du golem*
Jonathan STROUD, *La Trilogie de Bartiméus III. La Porte de Ptolémée*
Jonathan STROUD, *L'Anneau de Salomon*
Jonathan STROUD, *Les Héros de la vallée*
Jonathan STROUD, *Lockwood & Co. L'Escalier hurleur*
Jonathan STROUD, *Lockwood & Co. Le Crâne qui murmure*
Jonathan STROUD, *Lockwood & Co. Le Garçon fantôme*
Jonathan STROUD, *Lockwood & Co. L'Ombre qui parlait aux morts*

3/23

Ce livre est imprimé sur du papier issu
de forêts gérées durablement et de sources contrôlées.

Logo Wiz: Caroline Ancelot

Composition et réalisation de la couverture: Delphine Guéchot
Impression Liberdúplex en mars 2023
Éditions Albin Michel
22, rue Huyghens 75014 Paris
ISBN : 978-2-226-47130-7
N° d'édition: 24842
Dépôt légal: avril 2023
Loi n° 49-956 du 16 juillet 1949 sur les publications destinées à la jeunesse.
Imprimé en Espagne